빨간 인간

빨간 인간

전한성 소설집

글누림

차 례

하얀 마스크

하얀 마스크*

사람의 몸속에 병원균이 침입했습니다. 이들을 물리치기 위해 백혈구들이 몰려오는군요. 백혈구는 침입자들을 감싸 녹여버리기 위해 달려듭니다. 병원균은 독소를 뿜어대며 저항하는군요. 이 치열한 전투 끝에 침입자들이 소탕됐습니다. 수많은 백혈구가 희생됐고 시체는 고름으로 남았습니다. 하지만 그 덕택에 인체는 다시 정상을 되찾았습니다.

나는 자료집을 뒤적대다 마우스를 움직여 정지버튼을 클릭한다. 박 피디는 벌써 열흘째 소식이 없다. 일본 NHK방송의 자연과학 다큐멘터리를 짜깁기한 영상 CD와 자료집 한 뭉치를 던져놓고 사라져버린 박 피디. 어디서 또 말도 안 되는 소재거리를 물어오려고 그

---

* 이 소설에 나온 초유기체와 관련된 설명들은 과학 관련 신문과 인터넷 기사를 발췌하여 적절히 변용한 것임을 밝힙니다.

러시나? 박 피디가 보낸 게 분명한 것 같긴 한데. 나는 휴대폰을 꺼내 문자 메시지를 다시 확인한다.

'즐거운 인생, 곧 초대하겠어요, 킴작가.'

며칠 전 새벽, 발신 번호가 없는 문자 메시지 하나가 느닷없이 날아왔다. 띠링띠링. 나는 자는 둥 마는 둥 한참동안 몸을 뒤척이다 벨소리에 놀라 휴대폰을 집어 들었다. 옆방에 살면서 뭘 초대하겠다는 거야? 번호도 없이 보낸 박 피디의 장난 같은 문자를 확인하고는 신경질이 솟구쳐 휴대폰을 집어던졌다. 그런데 박 피디의 연락은 그것으로 끝이었다. 벌써 일주일째 영영 감감무소식이다. 그가 살고 있는 301호의 초인종을 아무리 눌러봐도 반응이 없다. 이 사람 참……. 신고를 해야 되나 말아야 되나? 이 일을 맡겨 놓고 어디로 사라진 걸까? 진짜 어디 가서 죽은 거라면 괜히 신고해서 귀찮은 일만 만들게 되는 걸 텐데. 에라, 모르겠다.

나는 자리에서 일어나 냉장고로 향한다. 캔 맥주를 꺼내와 도로 앉자마자 번들거리는 화면을 바라보며 뚜껑을 딴다. 캬아-. 이가 시릴 정도로 차가운 맥주를 한 모금 들이키고는 자연과학 다큐멘터리 일본어판 자료집을 뒤적거린다. 짜깁기 영상에 적합한 구성글을 만들기 위해 이 말 저 말 번역기를 돌려가며 한컴오피스에 옮겨 놓는다. 두꺼운 자료집을 뒤적대다 문득 사라져버린 여섯 번째 새끼 손가락의 흔적을 눈으로 더듬는다. 아, 손가락이 남아 있었다면 지금쯤 워드 하나 기똥차게 쳐댈 텐데. 갑자기 시골집을 개조해 예배

당을 만들어놓고 사이비 안수기도를 남발하고 있는 엄마가 떠오른다. 아이고, 느그 할배, 느그 아빠, 그리고 니, 죄다 육손 아이가. 느그 할밴 그거 땜에 독자 아들 난리통에 건졌다카면서 얼마나 자랑스러워했는지 아나? 그래가 내가 안그랬나. 아이고, 아버님, 손가락 많아 참 좋겠심더. 흐참.

기적을 바라는 엄마의 기도는 돌아오는 매주 일요일마다 부흥에 배처럼 맹렬히 전개되었다. 주여! 주여! 이상하게도 엄마는 기도를 올릴 때만큼은 완벽한 서울말을 구사했다. 그것이 은사의 첫 번째 증거라고 했다. 주님의 아들, 우리 김찬양의 손가락에 묻은 악마의 저주를 오늘 이 순간부터 눈처럼 깨끗이 사라지게 하여 주옵소서! 엄마가 내 손가락들을 꽉 틀어쥐고 "예수의 피로 싹 씻어져라." 하고 선창하면, 정체불명의 아줌마들은 "낫다, 낫다, 완전 낫다."를 후창하였다. 예수의 피로 싹 씻어져라. 낫다, 낫다, 완전 낫다. 예수의 피로 싹싹 씻어져라. 낫다, 낫다, 완전 낫다.

결국 엄마의 기도가 하늘을 감동시켰는지, 나는 초등학교 입학을 몇 달 앞두고 양손에 각각 달린 여섯 손가락 중에서 다섯 손가락만 남게 되었다. 엄마는 울먹거리며 주님의 은혜 덕분에 기적이 일어난 것이라고 했다. 주님의 두 번째 은사 덕분에 힘든 수술을 기적처럼 견뎌내고 온전한 손을 갖게 된 것이라고 했다. 그래, 그 덕분에 내가 여태껏 유머를 잃지 않고 산 게 기적이라면 기적이겠지.

나는 맥주를 다 비워낸 뒤 캔을 우그러뜨려 휴지통에 던져 넣는다. 잠시 동안 번들거리는 컴퓨터 화면을 바라보다 자리에서 일어난다. 진숙과 헤어진 지 얼마 되지 않아서일까. 텅 빈 마음이 좀체 채워지지 않는다. 냉장고를 열고 또 하나의 맥주를 꺼내려다 도로 넣는다. 좀 더 독한 술이 필요하다. 나는 이 동네의 지리도 익히고 바람도 쐴 겸해서 서둘러 나갈 채비를 꾸린다.

진숙의 집과 가까운 곳에 살던 나는 그녀의 이별 선고 뒤 이사를 선택했다. 단칼에 연락을 끊어버린 그녀를 깨끗이 잊겠다고 이사 온 게 박 피디가 살고 있는 행복 빌라의 302호였다. 킴작가, 잘 됐네. 잊어요. 다 잊어. 마침 우리 옆방이 싸게 나왔는데, 이리로 이사 와요. 거기 더 있어서 뭐 하게? 내가 킴작가 오면, 303호에 사는 아주 섹시한 여자도 소개시켜줄게요.

나는 계단을 내려와 빌라를 나서며 높게 솟은 언덕을 바라본다. 저 위로 올라가볼까? 아님 그냥 내려갈까? 잠시 고민에 빠져 있다 이상한 남자를 발견한다. 하얀 마스크를 쓴 남자가 앞집에서 나와 배가 불룩한 쓰레기 봉지를 들고 머뭇거리고 있다. 나는 약간 호기심을 느껴 자리에 선 채 그를 바라본다. 둥글둥글한 몸집의 남자는 담벼락 한쪽에 쌓인 쓰레기 더미 위에 봉지를 내려놓는다. 그리고는 주위를 둘러보다 나를 발견하고는 흠칫 놀라 등을 돌린다. 나는 영문을 몰라 물끄러미 그를 바라본다. 하얀 마스크는 몸을 돌린 채 곁눈질로 내 쪽을 쳐다보다 이내 쏜살같이 집으로 뛰어 들어간다.

뭐지? 혹시 쓰레기를 몰래 옆집에다 버리려고 했나? 이런 게 박 피디가 말한 원룸 빌라의 문화인가?

나는 피식 웃음을 흘리고는 언덕 아랫길로 방향을 잡는다. 아무래도 위쪽으로 올라가봐야 빌라들만 빽빽이 들어차 있을 게 뻔하다. 나는 주변을 둘러보기로 했던 마음을 고쳐먹고 언덕길을 내려가 모퉁이를 돌아 은혜식품으로 향한다. 그곳은 식품을 파는 곳인지, 술을 파는 곳인지 알 수 없는 묘한 가게다.

내가 문을 열고 들어서자, 모녀로 보이는 두 여자가 눈에 들어온다. 나이를 가늠하기 어려운 가슴이 배구공만한 여자와 딸로 보이는 다운증후군의 계집아이가 계산대 옆에 앉아 빵빠레를 맛나게 빨고 있다. 아이는 몰린 눈으로 바닐라맛 빵빠레를 뚫어져라 쳐다보며 주걱처럼 혀끝을 말아 올려 날름날름 잘도 파먹고 있다.

나는 새우깡 한 봉지와 소주 두 병을 사서 밖으로 나온다. 길을 오르면서 좀 전에 가게에서 봤던 다운증후군 소녀를 떠올린다. 참, 이상하다. 어딘가 박 피디와 닮은 것 같다. 특히 소대가리처럼 큰 얼굴에, 안으로 몰린 눈동자와 새우젓 같은 눈매가 영락없이 닮아 있다. 나는 박 피디의 얼굴을 떠올리자, 찜찜한 마음과 함께 실없는 헛웃음이 새어나온다. 김작가, 내 눈이 원래 이렇게 작은 게 아니라니까요. 박 피디는 핑글핑글 도는 두꺼운 안경알이 박힌 초록색 뿔테 안경을 치켜 올리며 고백했다. 김작가, 나, 사실은 장애인이야. 시력 장애 4급이에요. 나 지금, 앞에 앉은 자기 얼굴도 잘 안보여요 그냥, 자기가 잘 생긴 것만 알지. 나한텐 자기가 장동건처럼 보인다니깐. 박 피디의 말을 떠올리니, 한 달 전 헤어졌던 진숙이 생각난다. 그녀는 내가 처음으로 마음을 열어 보인 여자 친구였다. 3년 동안 집요하게 나를 쫓아다닌 진숙은 내가 워낙 잘 생겨서 자길 만나주는 것만으로도 너무 행복하다고 했다. 오빵, 걱정 마. 개털이면 어때? 난 잘 생긴 게 더 좋아. 난 오빵 자체만 있으면 돼. 정말 그것만으로도 행복해. 하지만 결혼까지 생각했던 내가 진숙을 데리고 엄마를 만났던 날, 그날 밤 그녀는 내게 이별 문자 한 통을 딸랑 보내주고 지체 없이 연락을 끊어버렸다. 오빵, 아버님 사진이 너무 맘에 걸려. 손가락이 많이 나는 건 유전이래. 미안해. 좋은 여자 만나서 잘 살아. 그렇다. 아버지도, 나도, 심지어 내 할아버지까지도, 우리는 어디 가도 피는 속일 수 없는 육손이 삼대였다.

꿀벌의 집입니다. 말벌 몇 마리가 쳐들어왔군요. 일벌이 몰려나와 죽기를 각오하고 맞서 싸웁니다. 일벌은 한번 쏘면 침과 내장이 함께 빠져 죽고 마는 특징이 있습니다. 그럼에도 불구하고 유전자가 같은 개체들을 보호하기 위해 목숨을 돌보지 않고 달려듭니다. 마침내 일벌들이 침략자를 물리칩니다. 벌집 밖에는 일벌들의 시체가 즐비하지만, 벌집 안의 동료들은 평화로운 생활로 돌아갔습니다. 또다시 일벌들은 꿀을 모으고, 여왕벌은 알을 낳는 일상이 시작됩니다.

나는 유리컵에 소주를 따라 홀짝거린다. 새우깡을 씹으며 박 피디가 건넨 다큐멘터리 영상을 들여다보고 있다. 이 인간 진짜 어찌해야 하지? 나는 마우스를 만지작대다 휴대폰을 집어 든다. 새우깡을 한 움큼 입안에 털어 넣고는 와그작, 와그작 씹어대다 전화를 건다. '전원이 꺼져 있어 소리샘으로 연결됩니다.' 나는 종료버튼을 누른다. 도대체 무슨 짓을 하고 돌아다니는 걸까? 번들거리는 모니터 화면 속에 꿀벌들이 꿀을 모으는 장면이 멈춰 있다. 얼마간 턱을 괴고 모니터를 바라보고 있는데, 갑자기 어디선가 여자의 악 쓰는 소리가 들려온다. 아아악! 나는 모니터 화면과 휴대폰을 번갈아 쳐다보다 창가 쪽으로 몸을 옮긴다.

골목에는 동네 아저씨로 보이는 사내 몇 명이 모여 싸움을 구경하고 있다. 힘 좋게 생긴 50대 각두기 머리가 비쩍 말라 키만 훌쩍한 여자의 머리채를 휘어잡은 채 이리저리 흔들어대고 있다. 이 쌍년, 바람을 펴? 맛 좀 봐라! 나는 그 광경을 바라보다 주머니를 뒤져 담배를 꺼내든다. 차라리 날 죽여, 이 새꺄! 창가에 두 팔을 괴고 서서 물끄러미 내려다본다. 이곳으로 이사 온 뒤 벌써 세 번째 구경이다. 휴-. 폐부 깊숙이 연기를 빨았다 공중으로 내뿜는다. 앞집의 3층에서 커플로 보이는 어린 두 남녀가 신이 난 표정으로 낄낄거리며 내려다보고 있다.

나는 눈을 돌려 앞집 창문이 활짝 열려 있는 2층을 바라본다. 진

공청소기를 들고 바닥을 닦고 있는 사내가 보인다. 앗, 하얀 마스크를 쓴 저 사람? 아까 전에 집 밖으로 쓰레기를 버리러 나온 남자가 분명하다. 하얀 마스크를 쓴 남자는 청소를 끝냈는지 창가 쪽으로 온다. 잠시 골목을 내려다보다 이내 관심 없다는 듯 창문을 닫아버린다. 청소 때문에 방진 마스크를 썼던 모양이다. 그런데 저렇게 유난스럽게 마스크를 꼭 써야 하나? 나는 금세 흥미를 잃고 자리로 돌아온다.

모니터 화면이 아까부터 멈춰 있다. 여왕벌이 알을 낳는 장면에서 버퍼링이 걸려 있다. 마우스를 움직여 재생 버튼을 클릭해보지만 반응이 없다. 나는 드라이브의 꺼내기 버튼을 누른다. 드륵. 드륵. 뭐가 걸렸나? 나는 컴퓨터 본체의 파워버튼을 눌러버린다. 까맣게 나가버린 화면을 바라보다 새우깡 한 움큼과 함께 소주를 들이킨다. 그리고는 반쯤 남은 소주를 컵에 모두 쏟아 붓고 자료집을 꺼내 들춰본다.

모니터에 윈도우 초기화면이 다시 열린다. 나는 자료집을 덮고 동영상 플레이어를 작동시킨다. 플레이어 창이 곧장 화면에 열리지만 시작 버튼이 움직이지 않는다. 마우스도, 키보드도 작동 신호를 받지 않는다. CD드라이브 버튼을 수차례 눌러보지만 CD롬 열림 장치가 말을 듣지 않는다. 나는 드라이브 입구에 손가락을 넣어 잡아당겨보지만 소용이 없다. 된장, 먹통이다. 어떡하지? 한참을 이렇게 저렇게 만져보다 그만 지쳐 포기하고 만다. 나는 컴퓨터를 종료하고 침대로 가 철퍼덕 누워버린다. 베개에 머리를 파묻고 몸을 뒤척이다 자료집에 스크랩되어 있던 여왕개미와 일개미 집단의 일화를 떠올린다. 혹시 진숙이도 유전자 차이로 내 곁을 떠난 건 아닐까? 그럼 아버지도 유전자 때문에 엄마와 이혼하고 멀리 떠나버린 거였나?

아버지는 내 손가락을 두고 엄마와 항상 다투었다. 언제나 술을 마시고 들어오면 엄마에게 우리 사랑하는 병신자식 어디 숨었냐고 큰소리로 노래를 불렀다. 그럴 때마다 엄마는 아버지의 멱살을 틀어쥐고 주기도문을 외웠다. 그러던 어느 날, 내가 다지증 수술을 받고 난 뒤 2년쯤 지났을까. 아버지는 엄마와 이혼을 하고 유럽의 어느 나라로 훌쩍 떠나버렸다. 서양의 백인 여자와 재혼을 하기 위해서였다. 이제는 기억조차 가물가물해 그 나라의 이름은 잊어버렸지만, 내가 기억할 수 있는 것은 그 나라의 여자들은 사내들보다 유전적으로 월등히 힘이 세다는 사실이었다.

쾅쾅쾅.

문을 두드리는 소리에 잠에서 깬다. 나는 이불을 걷고 자리에서 일어난다. 초인종을 누를 것이지 예의 없게시리. 고개를 돌려 시계를 보니 벌써 오후 2시다. 깊은 잠에 빠졌었나보다. 나는 잘 떠지지 않는 눈을 비비며 현관으로 나간다.

"누구세요?"

"경찰입니다."

나는 경찰이란 말에 두 눈이 번쩍 뜨인다. 동시에 게거품을 물고 횡사한 새우젓 눈깔의 박 피디 모습이 눈앞을 스쳐 지나간다. 설마?

떨리는 손으로 문을 열자, 회색 점퍼를 입은 시커먼 얼굴의 사내가 불쑥 들어온다. 잘 안 씻어서 생긴 얼룩처럼 누리끼리하면서도 거무튀튀한 얼굴의 사내가 가슴 안주머니에서 지갑을 꺼내 재빨리 펼쳤다 도로 집어넣는다. 형사라는 징표인가? 자세히 못 봤는데.

형사는 위아래로 내 꼴을 쭉 훑어보더니, 몇 가지 협조를 부탁한다며 수첩을 꺼내든다. 그러나 사내가 물은 질문들은 나와는 크게 상관없는 것들이다. 첫째, 밥은 먹고 다니냐? 둘째, 밥을 안 먹는 거 같은데, 뭘 먹고 다니냐? 셋째, 본론으로 들어가서 최근 이 근방에서 수상한 남자를 본 적이 없냐? 넷째, 이 건물에 날 포함해서 새로 이사 온 사람이 또 있냐? 다섯째, 301호, 303호 양 옆 호의 사람들을 아냐? 여섯째, 넌 왜 이렇게 모르는 게 많냐, 짜증나게!

형사는 수상한 눈빛으로 나를 바라보다 이내 수첩을 접어 주머니에 쑤셔 넣는다.

"협조에 응해주셔서 감사합니다. 수상한 사람을 보게 되면 즉시 연락하세요."

사내는 내게 정중한 자세로 명함을 건넨다.

"근데 무슨 일 때문에 그러시죠?"

"살인사건입니다. 어린 아이."

형사는 절도 있는 목소리로 대꾸하고는 밖으로 나간다. 나는 최대한 협조하겠다고 말하고는 문을 닫는다. 박 피디가 죽은 게 아니라서 다행이다. 그런데 혹시 이 사람, 어린이 유괴라도 한 건 아니겠지? 박 피디의 게슴츠레한 눈과 소대가리만큼 큰 얼굴을 떠올리니 그럴 가능성을 배제할 수 없을 것도 같다. 설마……

나는 책상 앞으로 가 컴퓨터를 켠다. 동영상 플레이어를 다시 클릭한다. 창은 뜨지만 여전히 작동되지 않는다. 나는 컴퓨터 본체를 이리저리 만져본다. 그때다. 휴대폰이 몸부림치는 소리가 들린다. 나는 얼른 침대로 달려가 휴대폰을 집어 든다. 액정 화면에 '최피디 개새'라는 문자가 뜬다. 나는 심호흡을 한 차례 하고는 통화 버튼을 터치한다.

-박 피디 어디 갔어?

최 피디는 다짜고짜 또 반말이다.

-모르겠는데요

-박 피디가 맡긴 거 있지? 끝냈어?

-아니요, 아직.

-뭐야! 시간을 그렇게 줬는데. 도대체 박 피디는 일주일씩 휴가 내고 어디로 사라진 거야?

최 피디는 속사포처럼 자기 할 말만 열정적으로 쏟아낸다. 그리고는 박 피디가 직접 휴가를 낸 것인지 확인하려는 내 질문엔 아랑곳없이 전화를 끊어버린다. 뚜-. 뚜-. 참, 언제 봐도 재수 없는 인간이다. 나는 내가 직접 고쳐볼 생각에 인터넷을 찾아보기로 작정한다. 포털사이트의 검색 창을 띄우고 이것저것 찾아보다 문득 박 피디가 던져주고 간 자료집에서 보았던 '초유기체'라는 말이 뭘까 궁금해진다. 나는 책상 한쪽에 밀어놓았던 자료집을 펼쳐들고 초유기체와 관련된 내용들을 이리저리 뒤적거린다.

포유류에도 집단을 이뤄 초유기체 같은 행동을 보이는 것이 있다. 아프리카에 사는 '벌거숭이두더지'다. 70마리 정도가 집단을 이루며 땅속에 총 길이 약 1.5km의 굴을 파고 집을 만들어 살아간다. 이 집단에도 여왕개미나 여왕벌 같은 '여왕'이 있다. 새끼는 여왕만이 낳는다. 여왕의 짝이 되는 수컷이 몇 마리 있고, 여왕과 이들 수컷이 다른 구성원보다 훨씬 오래 사는 것도 개미, 벌과 똑같다. 이들은 천적이 침입하면 물불을 가리지 않고 목숨을 내던져 집단을 보호한다. 이처럼 몸 바쳐 집단을 지키는 것이 초유기체의 특징이다. 그러나 같은 집단 안에서도 유전적으로 많이 다른, 다시 말해 촌수가 먼 개체가 태어나면 이를 돌보지 않고 오히려 죽이기까지 한다. 한 여왕개미에서 태어난 일개미들은 모두 자매간이다. 2촌인 셈이다. 그런데 가끔 일개미 중에 새끼를 낳는 것이 있다. 그럴 때면 다른 일개미들이 용케 알아보고 물어 죽인다. 자신과 유전자가 비슷한 자매 일개미를 위해서는 목숨을 바치지만 유전자가 크게 차이 나는 개체는 배척의 대상이 되는 것이다.

유전자가 같은 집단끼리는 얼마든지 희생할 수 있지만, 그렇지 않다면 죽일 수도 있다? 이런 게 초유기체라는 건가? 나는 자료집을 붙잡고 있는 두 손을 물끄러미 내려다본다. 왜 하필 박 피디는 최 피디의 심기까지 건드려가면서 이런 다큐를 나와 작업하겠다고 부득부득 우겼던 걸까? 나는 뭔가 찜찜한 마음이 들었지만, 머릿속이 더 복잡해지기 전에 생각을 멈추고는 자리를 박차고 일어난다. 에라, 모르겠다. 담배를 피우기 위해 창가로 간다. 창문을 활짝 열고 꺼내 문 담배에 불을 붙이려는데, 이상한 광경이 시야를 사로잡는다. 벌건 대낮에 저게 뭐지? 앞집 2층에서 꽤 볼만한 장면이 펼쳐지고 있다. 알몸의 두 여자가 서로 부둥켜안고 열심히 입술을 빨고 있는 것이다. 저 곳은 하얀 마스크가 살고 있는 집인데. 저 여자들은 뭐지? 남편이 출근한 사이에 아내가 동성연애라도 즐기고 있는 걸까? 이유야 어찌됐든 볼거리가 제법이다. 나는 본격적인 감상을 위해 창문 오른쪽에 비스듬히 기대어 눈요기를 한다. 아, 저 광경을 보면 남편이 뭐라고 할까? 화를 내야 하나, 말아야 하나? 나 같으면 기왕 일이 이렇게 된 거 같이 동참하자고 할 텐데. 나는 정열적으로 알몸 키스를 나누고 있는 두 여자를 보며 아랫도리를 만지작댄다. 그때다. 드륵드륵. 책상 위에 놓아둔 휴대폰이 몸부림치는 소리가 들린다. 나는 달려가 휴대폰을 얼른 집어 든다. 모르는 번호다.

 -박 피디님?

나는 잠시 숨을 고른 뒤 떨리는 목소리로 묻는다.

-최 피디님이시다. 아까 깜빡했네. 이틀 줄게. 마무리 못하면 교체한다.

뚜. 뚜. 나는 끊어진 휴대폰을 멍하니 바라본다. 개자식. 최 피디는 교묘하고 악랄하다. 며칠만 더 시간을 달라고 애원할 틈도 주지 않는다. 나는 더 이상 안 되겠다 싶어 아쉬움을 뒤로 하고 책상 앞으로 간다. 자리에 앉아 인터넷 검색으로 컴퓨터 관련 AS센터를 찾는다. '엘지에 불났다'는 그 서비스센터 번호를 찾아내 전화를 건다. 삑삑-. 불통이다. 진짜 불이 났나보다. 수십 차례 전화를 걸어보지만 기다리라는 안내 멘트와 함께 '사랑해요, 사랑해요, 우리 모두 사랑해요.'라는 듣기 싫은 음악만 반복해서 흘러나온다. 꼬륵. 꼬륵. 음악에 맞춰 배 속에서도 종이 울린다. '배고파요, 배고파요, 우리 모두 배고파요.' 정말 배가 고프다. 하루 종일 먹은 게 없다. 이것도 생명 유지를 위한 신호이겠지?

이른 저녁, 나는 더 이상 허기를 참지 못하고 라면과 소주를 사기 위해 밖으로 나왔다. 잠깐 고개를 틀어 앞집의 2층 창문을 바라보다 걸음을 떼려는데, 마침 하얀 마스크를 쓴 남자가 일층 현관에서 나오는 것을 발견한다. 남자는 한 손에 불룩한 쓰레기 봉지를 쥐고 있다. 어떻게 된 거지? 안에 있었나? 좀 전까지 보이지 않았는데. 나는 수상한 사람이 있으면 즉시 연락하라는 형사의 말을 떠올린다.

이 남자, 신고부터 해버릴까? 나는 잠깐 딴청을 피우다 쓰레기를 버리고 안으로 들어가는 하얀 마스크의 뒷모습을 확인하고는 그쪽으로 얼른 달려간다.

나는 입구 쪽을 힐끔거리며 남자가 버리고 간 쓰레기 봉지를 주위든다. 궁금한 나머지 주둥이에 붙은 테이프를 뜯어낸다. 검은 비닐봉지를 성급히 찢어발기자 투명한 비닐이 몇 겹이나 포장된 작은 상자 하나가 나타난다. 나는 열쇠를 꺼내 테이프를 찢어내고 박스를 들춰본다. 이게 뭐지? 그 안엔 또 다시 검은 비닐로 둘러싸인 뭔가가 있다. 나는 열쇠를 쿡 박아 넣고 아래로 쭉 내리긋는다. 비닐이 찢기면서 붉은 고깃덩어리 같은 게 드러난다. 으앗. 나는 놀라 엉덩방아를 찧는다. 주위를 둘러본다. 언덕 위에서 사람들 몇 명이 시끄럽게 떠들어대며 내려오고 있다. 나는 황급히 옷을 털고는 자리를 뜬다.

철컥-철컥-. 나는 집에 돌아오자마자 현관문의 모든 잠금장치를 채운다. 은혜식품에 들러 구입한 라면 3개와 소주 2병을 침대 위에 던져 놓고 풀썩 주저앉는다. 그게 뭐였지? 먹다 남은 고깃덩어리 같긴 한데. 아무래도 수상하다. 내가 물건을 사고 다시 올라오면서 확인했을 땐 앞집에 그대로 버려두었던 찢어진 쓰레기 봉지와 상자 잔해들이 보이지 않았다. 그렇다면 잠깐 사이에 누군가 와서 치웠다는 얘긴데. 나는 재빨리 책상 앞으로 가 서랍에서 망원경을 꺼내온다. 그것은 내가 이사 오던 날, 박 피디가 집들이 선물로 가져온 것이었다. 킴작가, 여긴 색스러운 멋진 언니들이 많이 사는 곳이에요. 무슨 말인지 알겠죠? 자, 원룸 빌라의 문화를 한번 즐겨보세요.

나는 방에 불을 끈 채 창가에 붙어 서서 밤이 깊어지길 기다리고 있다. 어둠이 점점 짙어지는 동안 꼼짝 않고 선 채로 앞집의 이층 창문을 주시하고 있다. 이윽고 누군가 모습을 드러낸다. 창가 쪽으로 긴 생머리의 여자가 모습을 나타낸다. 이번에도 여자는 홀딱 벗고 있다. 나는 조심스럽게 망원경을 조작해 여자의 알몸을 조준하고는 허리부터 쭉 훑어 올린다. 매끈한 피부에 앙다문 배꼽, 그 위로 터질 듯 풍만한 가슴에 붉은 유두가 나타난다. 허리가 조금 얇긴 하지만 큰 가슴을 보니 건강한 유전자를 갖고 태어난 것처럼 보인다. 나는 천천히 망원경을 여자의 얼굴 쪽으로 가져간다. 그런데 순간 나는 움찔하며 그대로 주저앉는다. 내가 본 것은 다름 아닌 은혜식품의 여주인이다. 어떻게 된 거지? 불을 꺼놓아 내가 지켜보고 있는 건 알 수 없었겠지만, 그래도 놀라지 않을 수 없다. 나는 한 차례 숨을 고르고는 천천히 몸을 일으킨다. 조심스럽게 고개를 들어 다시 창가를 내다본다. 창문은 열려 있지만, 커튼이 쳐져 있어 안을 들여다볼 수 없다. 아, 된장. 혹시 내가 지켜본 걸 눈치 챈 건 아니겠지?

깊은 밤, 나는 창가에 서서 다시 커튼이 열리길 기다리다 지쳐 침대에 드러누웠다. 반쯤 수면상태에 빠져들 무렵 머리맡에 놓아둔 휴대폰이 몸부림치며 잠을 깨운다. 절친 백수다. 강백수. 이름도 백수, 직업도 백수. 이 녀석은 고등학교 때 내가 유일하게 마음을 튼 친구였다. 이유는 동병상련에서 오는 이심전심이랄까. 이 백수 친구는 겉은 멀쩡해 보이지만 나름의 장애를 갖고 있었다. 불알 한쪽이 없었다. 그럼에도 수술을 하지 않은 이유는 군대를 가지 않기 위해서였다. 이것은 백수의 부모님과 나만 아는 비밀이다. 물론, 지금은 수술을 받고 멀쩡하다. 그는 내게 또 전화를 해와 클럽에 가입하라는 말과 함께, 어느 소설에 나오는 상처 받은 사람들의 모임인 '은어낚시통신'에 대한 이야기를 집요하게 반복한다.

 -글쎄, 생각 없다니까. 내가 장애인도 아닌데 왜?

 나는 내 왼손을 은근슬쩍 바라보며 대꾸한다.

 -마음의 장애도 장애야. 꼭 장애를 가져야만 가입할 수 있는 건 아니라니까. 상처 받은 사람이면 누구나 오케이야. 그런 사람들이 모여 세력을 형성하는 거지. 서로 돕고 사는 거야. 배려의 사회적 권력을 만들자는 거야.

 -그게 말이 되냐? 그보다는 차라리 모두가 장애를 갖는다면 공평해지지 않을까? 어차피 완벽한 인간은 있을 수 없잖아. 태어날 때부터 다 장애인을 만들어버리는 거야. 어때? 장애인 가족 입장에선 그걸 더 바라지 않을까?

 -지랄 떤다, 아주.

 -그럼 이건 어때? 장애가 없는 완전한 유기체만 사는 세상.

-그게 뭔데?

나는 수화기 저편에서 호기심에 가득 찬 얼굴로 기대하고 있을 백수의 모습을 떠올린다.

-궁금해?

-어, 궁금해. 말 해봐.

-건강한 사회 통제 법안을 만들어서 완벽한 유전자 조합을 찾아내는 거야. 그래서 우성 유전자가 맞는 사람들끼리만 결혼을 허락하는 거지. 무한 능력을 가진 완벽한 인간 유기체들만 태어나게 하는 거야.

나는 평소 어렴풋이 생각만 하고 있던 얘기들을 한참동안 쏟아낸다. 하지만 백수는 아무 말이 없다.

-여보세요?

정적이 흐른다. 벌써 휴대폰을 바꿀 때가 됐나? 스마트폰으로 바꾸고 나서 줄곧 잘 끊긴다. 구입한 지 1년도 채 안 된 건데.

-여보세요? 왜 대꾸가 없어?

-어, 뭐 좀 검색하느라.

-갑자기 뭘 검색해?

나는 반문한다. 얼마 뒤 백수가 짧게 대꾸한다.

-미친놈, 엑스맨 봤구나.

눈이 부신다. 창을 통해 쏟아지는 햇살 때문에 더 이상 눈을 감고 있을 수 없다. 시계를 보니, 벌써 정오를 훌쩍 넘긴 시간이다. 나는 자리에서 일어나 화장실로 향한다. 세수를 하고 나오니 여기저기 버려진 라면 봉지와 찌그러진 캔들이 눈에 띤다. 나는 한쪽 발로 쓰레기들을 쓸어 모아 구석에 밀어놓는다. 책상 옆에 세워둔 전신 거울 앞으로 가 얼굴을 들여다본다. 생기 있던 피부가 푸석푸석해지고 눈이 부어 있다. 잠을 제대로 못자서 그런가? 나는 어젯밤 기억이 잘 나진 않지만, 꿈속에서 진숙이를 애타게 부른 것 같기도 하고 아버지를 원망하는 말을 떠벌린 것 같기도 하고 엄마를 따라 찬양을 부른 것 같기도 하다. 낫다, 낫다, 완전 낫다? 설마 그건 아니겠지. 암튼 새벽 내내 몸을 뒤척거리며 자다 깨다를 반복한 탓에 컨디션이 영 제로이다. 나는 기지개를 펴고는 책상 위에 놓아둔 휴대폰을 집어 든다.

팔자 좋은가부네. 전화도 안 받고 어디 두고 보자고

최 피디의 문자다. 아침 일찍 수차례 전화를 건 모양이다. 부재중 표시가 8통이나 되어 있다. 나는 전혀 알아채지 못했다. 불안한 마음에 자리에 앉자마자 컴퓨터의 전원버튼을 누른다. CD를 꺼내보려고 이렇게 저렇게 시도해보지만 소용이 없다. 아, 된장. 어떻게 하지? 그래, 지식인에게 물어보면 알 수 있지 않을까? 나는 인터넷을 열고 네이버 창을 띄운다. 갑자기 멈춰버린 동영상 화면과 씹혀버린 CD를 꺼낼 수 있는 방법에 대해 정성껏 질문을 남긴다. 언제쯤 답이 올까? 나는 질문에 댓글이 달리기를 기다리며, 잠깐 뉴스기

27

사를 클릭한다. 일본 총리의 연이은 망언 소식에 시민과 정부, 언론들이 하나같이 열 받아 있다는 내용이 눈에 들어온다. 뒤이어 연예인 자살 소식이 보인다. 최근 들어 부쩍 자살 소식이 늘어난 것 같다. 나는 이것저것 창을 열어 기사를 읽다 '충격, 이럴 수가, 어린 아이를 냉동고에……'라는 제목에 홀려 시선을 고정시킨다. 나는 나도 모르게 마우스를 움직여 클릭한다.

영아냉동살해사건. 00월 00일 00시. 마포구 아현동 00번지에서 6개월 된 어린 아이가 냉동고에 들어가 있는 것을 집주인이 발견하여 경찰에 신고했다. 영아 시체는 두꺼운 검은 비닐에 둘러싸여 있었는데, 발견 당시 두 다리가 없었다고 한다. 경찰은 아이가 어떻게 해서 신고자의 집 냉동고에서 발견되었는지 그 경위를 밝히는데 수사를 집중하고 있다. 그러나 현재 영아 시체가 국립과학수사연구소로 넘어간 지 며칠이 지났는데도 불구하고 수사의 진척은 전혀 보이지 않고 있다.

어라? 이 사건, 우리 동네에서 벌어진 거였네? 그렇다면 얼마 전 형사가 찾아와 말해주었던 어린아이 살해사건이 바로 이거였나? 나는 본능적으로 자리에서 일어나 창가로 달려간다. 창문을 활짝 열고 고개를 내밀어 앞집의 이층을 바라본다. 창문은 열려 있지만 커튼이 반 이상 쳐져 있어 거실의 한쪽 귀퉁이만 보인다. 이상하다.

어젯밤, 은혜식품 여주인이 저기 왜 있었던 걸까? 그것도 알몸인 채로. 나는 한참을 그 자리에 서서 이층을 바라보다 다시 자리로 돌아온다. 아무리 기다려 봐도 이상한 움직임은 찾아볼 수 없다. 괜히 쓸 데 없는 데 시간만 낭비한 것 같다. 갑자기 내 자신이 한심스럽게 느껴진다. 내가 지금 뭘 하고 있는 거지?

나는 빨리 컴퓨터를 고치기로 마음먹고 114에 전화를 건다. 다른 지역의 서비스센터 번호를 여러 개 받아 적는다. 전화를 건다. 하지만 거는 족족 마찬가지로 상담원 연결이 되지 않는다. 진짜, 된장이다. 이 상담센터는 고객들의 참을성을 시험하는 곳인가? 안내센터가 아니라 인내센터라고 부르는 게 낫지 싶다.

나는 휴대폰을 뒤져 내가 살고 있는 해당 지역의 서비스센터에 다시 전화를 건다. 제발 좀 걸려라. 제발! 운이 좋은 걸까? 다행히 몇 번 만에 극적으로 상담원과 연결되었다. 고객님, 무얼 도와드릴까요? 네, 빨리 좀 도와주세요. 너무 기쁜 나머지 다짜고짜 도와달라는 말부터 튀어나간다. 네, 말씀해주세요. 상담원이 상냥한 목소리로 대꾸한다. 나는 그녀에게 내 컴퓨터의 상태를 자세히 얘기하고는 늦어도 내일 저녁 7시까지 꼭 와달라고 부탁한다. 그녀는 알겠다며 친절하게 약속을 받아준다. 나는 거듭 감사하다는 인사를 건네고는 전화를 끊는다. 그런데 도대체 박 피디는 어디서 무슨 짓을 하고 있는 걸까? 다시 휴대폰을 뒤져 전화를 걸어보지만 역시나 전원이 꺼져 있다. 혹시 영아 살해사건의 진짜 범인이 박 피디가 아닐까? 아니야, 그럴 리 없지. 떨어진 볼펜도 한참을 더듬어 찾는 박 피디인데…….

나는 한동안 방안을 서성거리다 박 피디가 언제 올 지 기다릴 수 없어, 경찰에 신고하기로 결심한다. 휴대폰을 들고 112를 꾹 누른 다. 하지만 신호가 가기도 전에 끊어버린다. 안되겠다. 나는 박 피 디의 실종을 직접 신고하기로 마음먹는다.

대충 옷을 챙겨 입고는 떡이 진 머리를 바라보다 모자를 눌러쓰 고 현관을 나선다. 집밖으로 나와 언덕을 내려가 모퉁이를 돌아 큰 길로 향한다. 저 멀리 마포경찰서라는 글씨가 한 눈에 들어온다. 나 는 씩씩하게 걸음을 뗀다. 하지만 입구 근처에서 한참을 배회하다 결국 발길을 돌리고 만다. 실종이라고 할 수도 없는데, 괜히 장난한 것으로 몰리면 어쩌나 불안한 마음에 신고를 포기했다. 아니, 솔직 히 귀찮은 일에 휘말릴 것 같아 신고하지 않기로 마음먹었다. 나는 담배를 꺼내 입에 물고는 긴 한숨을 뿜어낸다. 이제 어떻게 해야 하 는 거지?

이른 저녁. 앞집의 불 꺼진 2층 창문은 굳게 닫혀 있다. 나는 늦 은 아침 일어나자마자 오후 내내 하얀 마스크가 살고 있는 2층 창 가의 동태를 예의 주시했다. 하지만 특이한 동향은 발견할 수 없었 다. 한동안 창가에 서서 앞집을 바라보다 포기하고 책상 앞으로 돌 아온다. 자리에 앉아 번들거리는 모니터 화면을 들여다보다 문득 진숙을 떠올린다. 오빠, 아무 걱정하지 마. 내가 영원히 지켜줄게. 진숙은 내 얼굴 하나면 정말 모든 게 다 된다고 했던 여자였다. 그런 진숙이 우리 집에 놀러와 내 어릴 적 사진 속의 아버지를 보고 사색이 되었던 얼굴은 잊을 수가 없다. 나를 안고 있는 아버지의 육손을 보며 하얗게 질린 얼굴이 된 진숙에게 한참을 침묵하고 있던 엄마는 대뜸 입을 열었다. 봤나? 야 할배도 육손이었다 아이가. 삼대가 다 육손인기라. 흐참.

나는 가만히 손가락들을 하나씩 만져본다. 다 자라 굵어버린 마지막 손가락뼈를 잘라낸 부위를 말없이 바라본다. 넌 내게 비하면 장애도 아니야. 여자로서 절름발이인 게 얼마나 큰 상처인 줄 알기나 해? 그까짓 손가락 하나 잘라낸 게 뭐가 대수라고. 넌 수술이라도 했으니, 아무 문제없잖아. 네가 장애인이라고? 진짜, 웃기고 있네. 어릴 적 소아마비를 앓아 왼발을 절어대던 여자. 이름조차 기억이 나지 않는 교회 누나가 불현듯 떠오른다. 그녀는 이 세상에서 자신이 갖고 있는 장애가 가장 크다고, 아무도 자길 이해해줄 수 없다고 걸핏하면 울면서 시비를 걸던 누나였다. 그런 면에서 비장애인으로서 내게 무조건적인 사랑을 베풀어주었던 진숙이 얼마나 고마웠던지 새삼 생각난다. 하지만 그녀도 결국 부실한 내 유전자 앞에서 사랑을 포기하고 만 게 아닌가. 나는 멍하니 두 손을 바라보고 있다 이내 정신을 차린다. 아직 마무리하지 못한 자연과학 다큐멘터리의 번역부터 끝내야겠다. 나는 일본어 사전과 함께 자료집을 펼쳐들고 번역 작업을 시작한다.

초유기체에서는 '집단 지능'이라는 현상도 나타난다. 영국 셰필드 대의 애덤하트 교수 연구팀은 최근 가위개미 집단이 음식물 쓰레기 등을 규칙적으로 치움으로써 병균이나 기생충 감염을 막는 행동을 하는 것을 확인했다. 이는 사람이 몸속의 각종 노폐물을 땀이나 오줌을 통해 내보내는 것에 비유할 수 있다. 그러나 무엇이 개미들로 하여금 쓰레기가 넘치면 알아서 치우게 하고, 집안이 더워지면 여러 마리가 물을 떠다 식히게 하는지 전혀 밝혀지지 않았다. 우리는 단지 집단 전체가 지능을 가진 생명체처럼 행동한다는 뜻에서 '집단 지능'이라 부른다. 이 같은 '집단 지능'이 어떻게 생겨났는지, 또 여러 곤충과 동물들이 왜 홀로살이를 버리고 초유기체가 되는 길을 선택했는지 등은 아직 생물학이 풀어야 할 수수께끼로 남아 있다.

나는 잠깐 자료집에서 눈을 뗀다. 경직된 목과 어깨를 풀기 위해 고개를 이리저리 돌려댄다. 얼마간 그렇게 몸을 풀고 다시 자료집을 들여다본다. 집단 전체가 지능을 가진 생명체처럼 행동한다? 나는 문득 엄마와 이혼한 뒤 국적을 바꾸고 이 나라를 떠나버린 아버지를 떠올린다. 느그 엄마, 시게 보이제? 절대 그런 사람 아이다. 오죽카면 니 이름을 찬양으로 짓자 했겠노? 오죽 약해빠졌으면, 니 손가락 고친다꼬 눈에 뵈지도 않는 신한테 그렇게 매달렸겠노? 찬양아, 잘 들어라이. 센 여자 만나야 한대이. 니보다 더 센 유전자 가진 여자를 만나야 잘 살 수 있는 기라. 내 말 명심해래이. 아버지는 그 말 한 마디를 내게 가훈처럼 남겨놓고 유럽의 어느 나라로 이민을 떠났다. 강한 유전자를 가진 서양의 백인 여자들이 살고 있다는 나라로. 아버지는 자신을 나약하다고 생각한 모양이다. 자신의 손가락이 12개라는 사실을 입버릇처럼 저주한 걸 보면 충분히 짐작할 수 있다. 그런데 그렇게 괴로워하면서도 왜 다지증 수술은 받지 않았던 걸까?

띠링. 띠링. 현관 초인종이 울린다. 나는 이런한 생각에 빠져 있다 초인종 소리에 본능적으로 몸을 일으킨다. 그리고는 나도 모르게 현관 쪽으로 달려 나가며 목청을 높인다.

"박 피디님?!"

"에이에스 왔어유."

현관 저 너머에서 낯선 목소리가 들려온다. 고개를 돌려 벽시계를 바라본다. 오후 6시 50분. 나는 약간 실망한 기분이 되어 힘없이 문을 연다.

"안녕하세유."

이게 무슨 일일까? 나는 문을 열자마자 그 자리에 선 채 꼼짝없이 굳어버린다. 넙죽 고개 숙여 인사를 하며 나타난 것은 다름 아닌 건너편 앞집 2층에 사는 하얀 마스크였다. 그는 얼굴의 반 이상을 덮을 만큼 큰 마스크를 낀 채 한 손에는 작업가방을 들고 서 있다.

"들어가도 되겠쥬?"

하얀 마스크는 몸을 밀고 들어올 기세다. 나는 하는 수없이 사내를 안으로 맞아들인다. 이 사내의 직업이 컴퓨터 AS기사였단 말인가? 형사의 말을 떠올려보면, 다소 수상한 냄새가 나긴 하지만, 뭐 그게 상관있냐고 말하면, 또 딱히 할 말은 없는 것 같다. 암튼 이렇게 빨리 올 줄 알았으면 진작 부를걸.

나는 한 손을 뻗어 컴퓨터가 있는 책상 쪽을 가리킨다. 사내는 고개를 한 번 까닥이더니 신발을 벗고 거실로 들어선다. 누런 제복의 왼쪽 가슴에 '엘지 서비스센터 기사 정일복'이라는 명찰이 붙어 있다. 나는 그에게 날도 더운데 왜 마스크를 끼고 있냐고 물으려다 잠자코 책상 앞으로 간다. 사내는 절뚝거리며 나를 따라온다. 다리가 불편한 모양이다.

"공장에서 완제품으로 나오는 건디두, 이렇게 불량이 생기네유."

사내는 내 쪽을 바라보며 말을 건넨다. 어쩌라고? 나는 한 차례 어깨를 으쓱 추켜올린다. 책상 아래 놓인 컴퓨터 본체의 전원버튼을 누르고 상태를 지켜보던 사내가 다시 말을 잇는다.

"오래 안 걸릴 거구만유."

사내는 불편한 한쪽 다리를 쭉 뻗고 앉아 가방을 열고 임팩트 드라이버를 꺼낸다. 어딘가 이상하다. 저 말투, 충청도 사투리가 왜 이렇게 어색하지? 나는 실눈을 뜨고 사내를 가만히 쳐다본다. 사내는 본체를 열고 드라이브를 분리해 씹혀있던 CD를 꺼낸다. 그리고는 능숙한 동작으로 다시 드라이브와 본체를 조립한다.

"간단한 걸, 괜히 혼자 끙끙댔네요. 근데 어디가 고장이었던 거죠?"

나는 CD를 받아들고는 사내에게 좀 더 긴 대답을 유도한다.

"CD 드라이브 개폐 장치에 달린 스프링이 문제였구만유. 이런 건 금방 와서 고칠 수 있으니께 그나마 다행이쥬. 어떨 땐 영업소로 가져가는 경우도 있어유."

사내는 짐을 챙기고는 자리에서 일어난다.

"벌써 가시게요? 음료수라도 한 잔 하고 가세요."

나는 사내를 좀 더 살필 요량으로 붙잡는다.

"아니에유. 그냥 가볼 게유. 그래두, 참 편리한 세상이쥬? 뭐든지 에이에스가 되니께유."

사내는 마스크를 쓴 채 이상한 눈빛으로 나를 바라본다. 뭔가 할 말이 있는 것 같기도 한데. 나는 점점 의심이 솟구치기 시작한다.

"뭐든지 고칠 수 있는 세상이라고요? 농담도 잘 하시네."

나는 사내를 보며 실쭉 웃어 보인다. 사내는 아무 말 없이 서 있다 이내 눈길을 돌려 내 손을 바라본다. 나는 순간 사내의 예상치 못한 행동에 당황한다.

"얼마죠?"

나는 계산을 치르는 척하며 바지 뒷주머니로 슬며시 손을 숨긴다.

"무료예유."

"무료라고요? 그럼, 이거 차비라도 하세요."

나는 어색함을 숨긴 채 아무렇지 않다는 듯 지갑을 꺼내든다. 만 원짜리 지폐를 꺼내려는데 진숙이와 보기로 했던, 아직 버리지 못한 영화 예매표 두 장이 딸려 나온다. 아, 진짜, 된장…….

"괜찮아유. 컴퓨터 구입하신 지 일 년도 안 됐으니께."

사내는 기우뚱거리며 말없이 현관 쪽으로 걸음을 옮긴다. 가방을 든 채 요가를 하듯 신기한 자세로 허리를 구부려 신발을 신는다.

"아니, 출장비는 있지 않나요?"

"퇴근길에 온 거라서 필요 없어유. 집이 요 앞인디유."

나는 하얀 마스크 위로 눈웃음을 짓고 있는 사내를 바라보다 지갑을 도로 넣는다. 근데 어디서 봤을까? 저 낯익은 눈빛.

"참 편리한 세상이쥬?"

사내는 여전히 밝은 목소리로 나를 향해 묻는다. 뭐가 자꾸 편리하다는 걸까?

"문제 생기면 이렇게 전화 한 통이면 다 되니께 말이에유. 참 편리한 세상이예유. 근디, 기계야 불량이면 이렇게 버리고 갈아 끼우면 된다고 허지만……."

사내는 현관에 멈춰선 채 갑자기 근심어린 눈빛으로 나를 바라본다. 그래서 뭐 어쩌라고?

"그럼, 음료수 한잔 하고 가세요."

나는 현관문을 밀고 나가려는 사내를 붙잡는다. 사내는 레버핸들을 쥔 채 고개를 돌려 내 눈을 바라본다. 잠시 망설이는 것 같기도 하다.

"아니에유. 또 올 일이 생길 테니까, 그 때 마실 게유."

"네? 그게 무슨 말이죠?"

나는 영문을 몰라 사내에게 되묻는다.

"아니에유. CD롬 핀은 잘 고장나니께 한 말이에유."

사내는 내 눈을 바라보다 다시 내 오른손으로 시선을 옮긴다. 나는 순간 나도 모르게 재빨리 오른손의 수술 부위를 다른 한 손으로 감싸 쥔다. 그러자 사내가 나를 향해 희미한 눈웃음을 지어 보인다. 나는 두 손을 깍지 낀 채 마네킹처럼 굳은 자세로 멈춰 서서 사내를 바라본다. 하얀 마스크, 이 녀석, 뭐지? 사내 역시 그대로 멈춰 서서 나를 지그시 바라보고 있다. 어디서 본 걸까? 소대가리만큼 큰 얼굴에, 저 새우젓 같은 눈매. 사내와 나 사이에 잠깐 동안 정적이 흐른다.

얼마 뒤 사내는 꾸벅 인사를 건네고는 불편한 걸음으로 밖으로 나간다. 나는 사내를 따라 복도로 나온다. 왜일까? 사내를 붙잡아야 한다는 생각이 갑자기 밀려든다. 저기, 잠깐만요. 나는 사내를 부른다. 그러나 사내는 나를 힐끔 보고는 등을 돌린 채 걸음을 떼기 시작한다. 정일복 기사님! 나는 사내의 이름을 부른다. 하지만 사내는 아무 대꾸 없이 계속해서 걸어 나간다. 고장 난 메트로놈처럼 절뚝

절뚝 걸음을 옮긴다. 이봐, 하얀 마스크! 나는 사내의 등을 향해 소리친다. 사내는 아랑곳없이 엘리베이터를 향해 몸을 옮기고 있다. 어느새 엘리베이터의 문이 열리고 사내의 몸이 반쯤 통과한다. 나는 다급한 마음에 목청을 높여 고함을 친다. 내 목소리가 빈 복도의 공기를 타고 쩌렁쩌렁 울려 퍼진다.

박 피디! 박 피디님 맞죠?!

레몬편지

레몬편지

안부, 소식, 용무 따위를 적어 보내는 글. 격려 편지, 안부 편지, 편지 한 통, 편지를 쓰다, 편지를 부치다, 편지 왕래가 끊기다, 어머니께 편지를 올리다. 한글프로그램의 사전에서 찾아낸 편지의 정의와 사례다. 소집해제가 얼마 남지 않았는데도 아직 여기까지밖에 외우지 못한다. 이상하다. '어머니께 편지를 올리다'에서 더 이상 진도가 나가지 않는다. 라벨이 붙은 편지를 수북이 쌓아놓고 리더기로 찍어 정보를 입력할 땐 항상 이 창을 동시에 열어놓는다. 편지의 정의와 용례를 읽으면서 작업을 하면 왠지 기분이 좋아진다. 어릴 적 시골집을 상상할 때처럼 말이다.

뒷마당에 있는 쪽문을 나가 가파른 언덕을 기어오르면 소나무 숲이 있다. 나무둥치에 기대앉아 시원한 바람을 맞으며 마을을 굽어보면 파란 기와를 얹은 집들이 한눈에 들어온다. 그중에 우리 집은

옥상이 있는 아담한 일층 양옥집이었다. 앞마당엔 앵두나무와 모과나무가 있고 상추를 심은 작은 텃밭과 판자를 덧대 만든 개집도 있었다. 하지만 무엇보다 나를 즐겁게 해주었던 건 대문 높이 달려 있는 초록색 페인트를 칠한 편지함이었다. 까치발을 하고 손을 뻗어 고리를 젖히면 납작하게 엎드려 있는 선물 같은 하얀 편지들.

편지는 저녁 7시와 10시, 이렇게 두 차례에 걸쳐 들어온다. 혁대가 채워진 커다란 마대자루에는 소포도 함께 들어있다. 그러나 나는 크고 무거운 소포는 다루지 않는다. 소포뿐만 아니라 가로세로 330×245의 규격화된 각대봉투에 담긴 책자나 서류도 취급하지 않는다. 그것은 이제 막 들어온 신참들과 노련한 직원들의 몫이다. 나는 등기우편물 중에서도 한 손에 마흔 장도 넘게 쥘 수 있는 얇고 작은 엽서 크기의 편지만 다룬다.

등기로 들어온 편지들은 모양과 색깔이 비슷해 얼핏 보면 구분하기 어렵다. 하얀 봉투의 왼쪽 상단엔 발신지가, 오른쪽 하단엔 수신지가 적혀 있고 그 위의 여백엔 등기번호가 입력된 라벨이 붙어 있다. 하지만 눈, 코, 입이 있다고 해서 다 같은 얼굴이 아닌 것처럼 자세히 살펴보면 저마다 다른 특징을 갖고 있다. 어떤 것은 정사각형 모양이고 어떤 것은 가로가 유난히 긴 직사각형 모양이고 어떤 것은 라벨이 오른쪽으로 비스듬히 기울어져 있고 또 어떤 것은 왼쪽으로 기울어져 있다. 그것은 아마 라벨을 붙이는 우체국 여직원의 습관이겠지만. 아무튼 나는 이 매끄럽고 차가운 편지를 좋아한다. 라벨이 붙은 하얗고 빳빳한 편지를 구분할 때 손끝으로 와 닿는 감촉은 당신의 보드라운 손등에서 느껴지는 야릇함과 비슷하기 때문이다.

당신의 손은 편지를 닮았다. 분홍색 리본을 단 슈나우저 마리편지는 아니다. 빨강, 노랑, 연두의 핫트랙스 편지도 아니다. 두 귀를 쫑긋 세운 고양이가 슈퍼마켓에서 온갖 물건을 구입하는 냥코편지도 아니다. 이상한 나라의 엘리스가 미키마우스와 함께 탭댄스를 추고 있는 디즈니 편지는 더더욱 아니다. 당신의 손은 어릴 적 국군 장병 아저씨들에게 보낸 위문편지를 닮았다. 연필로 꾹꾹 눌러쓴 편지지의 끄트머리에 레몬을 문질러 향기를 낸 뒤 반으로 접고 접어 하얀 규격봉투에 담은 편지 말이다. 봉투를 벌려 향기를 확인하던 순간, 내 뇌리에 남은 영원한 후각의 기억처럼 당신의 손에서는 싱싱한 레몬향이 지워지지 않는다.

1차 발송이 이루어진다. 집배원들이 모아온 우편물들을 중구, 종로구, 서대문구, 마포구, 은평구, 서초구 등 강남구를 제외한 서울 전 지역의 24개 구에 전송하는 일이다. 신참들이 바닥에 깔린 플라스틱 박스에 소포를 던져 넣는다. 소포가 떨어지면서 내는 둔탁한 마찰음이 여기저기서 들려온다. 나는 후배들이 우편물을 분류하는 동안 종로구와 서초구의 편지를 뽑아와 책상에 쌓아놓는다. 종로구와 서초구에는 도대체 얼마나 많은 사람들이 살고 있는 걸까. 우편물의 등기번호를 입력하고 출력한 전표를 둘로 나누어 하나는 보관하고 하나는 자루에 넣어 발송하는 일을 수차례 반복해도 좀체 물량이 줄어들지 않는다. 그 지역 사람들은 무슨 비밀이 그렇게 많아 편지를 밀봉하고도 웃돈을 얹어 증거번호까지 만들어야하는 걸까. 비밀이 있다는 건 왠지 불안하다.

엄마는 아버지가 죽자 서둘러 고향을 버리고 서울에서 가장 부자들이 모여 산다는 동네 중에 하나인 강남의 개포동으로 이사를 왔다. 사람 많고 집 많고 자동차가 많은 곳이라야 다른 사람 모르게 살 수 있다고 했다. 식당에서 주방 일을 하던 엄마는 무슨 연유인지 늘 취한 상태로 돌아왔다. 그 때문에 엄마는 일을 할 수 없을 만큼 속이 나빠져 며칠씩 자리에 누운 적도 있었다. 술로 말미암아 번번이 일자리에서 쫓겨나면서도 엄마는 술을 끊지 못했다. 버석하게 마른 얼굴의 엄마가 식당에서 쫓겨난 뒤 선택한 일은 청소였다. 비죽비죽 솟은 큰 빌딩들에서 오피스텔, 빌라, 다세대주택 심지어 노래방, 미용실까지 쏟아지는 쓰레기를 치우고 닦는 일이었다. 방학 때면 나는 건강이 좋지 않은 엄마를 대신해 며칠이고 건물의 구석구석을 쓸고 닦고 또 훔쳐댔다. 이 동네에는 치워야할 것들이 참 많다. 하지만 당신의 흔적은 그렇지 않다.

리더기를 들어 편지에 붙은 라벨을 찍는다. 등기의 고유번호가 화면 안에 차곡차곡 쌓이고 있다. 이메일이 생겨 편지를 쓸 일이 줄어들었는데도 우체국엔 여전히 많은 편지들이 들어온다. 고객을

VIP로 모신다는 스포츠센터, 고가품의 가구와 의류, 보석 등을 판매하는 백화점, 골프 회원을 모집하는 유명 컨트리클럽 같은 데서 보내오는 대량의 광고 편지들. 나는 리더기에 속도를 붙인다. 종로구와 서초구만 끝낸다면 나머지 지역은 일도 아니다. 삑삑거리며 넘어가는 리더기의 확인 종료음이 전자오락실의 신나는 게임 음향을 닮았다. 편지를 구분하고 입력하는 일이 오락이라면 이 게임에서 나를 이길 자는 우체국 내에 아무도 없다. 발착장과 집배실, 특수계를 다 털어서 나보다 빨리 한 구의 발송을 마감하는 사람은 없을 것이다. 나는 1차 발송이 끝나는 9시 30분쯤이면 조퇴를 할 계획이다. 나를 기다리고 있는 당신을 보러가야 하기 때문이다. 오늘은 좀 더 일찍 당신을 만나고 싶다.

밤바람이 제법 차다. 나는 우체국을 나와 당신에게로 가고 있다. 계장은 일찍 가야겠다는 내 말에 이유도 묻지 않고 조퇴계를 끊어주었다. 나는 작업복을 갈아입고 국장실에 들러 조퇴계를 제출한 뒤 밖으로 나왔다. 깜깜한 밤 당신에게 가는 길은 신이 난다. 나는 이 들뜬 기분을 아주 오래 즐기려고 일부러 먼 길을 돌아 당신에게 간다. 당신에게 가는 동안 맨홀뚜껑을 빠짐없이 두 발로 밟고 지나간다. 가끔 네모진 것도 있긴 하지만, 지름이 60cm인 주철로 된 원형의 맨홀뚜껑은 당신의 집까지 정확히 21개가 있다. 기점이나 교차점, 방향이 바뀌는 곳에 있는 맨홀뚜껑을 밟을 때면 가슴 한가운

데가 뭔가 충만해지는 것을 느낀다. 나는 알 수 없는 포만감이 밀려올 때 기분이 좋아진다. 당신은 왜 그런 쓸데없는 짓을 하냐고 물은 적이 있다. 나는 당신의 얼굴을 물끄러미 바라보다 그냥 한번 해보는 거라고 했고 당신은 사실 자신도 우울할 땐 가끔씩 그 뚜껑들을 밟고 지난다고 웃으며 고백했다. 나는 그런 당신의 소리 없는 웃음이 좋다.

미용실이 즐비한 골목을 지나고 있다. 당신의 집으로 가기 위한 첫 번째 관문이다. 이곳에는 대략 5m간격으로 '도스헤어', '트위스트 헤드', '헤어씨티'의 상호를 지닌 미용실이 줄지어 있다. 이 시간엔 사람들이 그리 많지 않지만 30분 전만해도 머리를 하고 나온 짙은 화장기의 여자들이 검정색 세단을 기다리기 위해 담배를 피워 물고 서성였을 것이다. 그녀들이 어디로 가는지는 묻지 않아도 알 수 있다. 출근시간이 늦은 밤이라는 것만 봐도 뻔히 알 수 있는 일이니까. 몇 달 전 그곳에서 머리를 하고 나온 여자를 본 적이 있다. 우체국에서 회식을 하고 나오던 날이다. 여자는 입술이 터지고 눈가에 멍이 든 얼굴로 껌을 씹으며 내 곁을 지나쳤다. 나를 알아보지 못했지만 나는 알고 있었다. 자기 남자친구가 보낸 편지를 이쪽에서 빼돌렸다며 특수계를 찾아와 난동을 부린 적이 있는 여자였다. 정신이 어떻게 된 여자였는지 등기를 정리하고 있는 계장에게 욕지거리를 해대고 뺨을 후려쳤다. 그 순간 나는 엄마를 떠올렸다. 여자의 생김새는 엄마완 사뭇 달랐지만 계장의 멱살을 쥐고 뒤흔들던

때의 모습은 악에 받친 엄마와 흡사했다. 여자는 그때도 입술과 눈가에 짙은 피멍울이 맺혀 있었다.

나는 두 번째 관문인 24시간 운영하는 '팜스' 대형약국을 지나 '여우 이야기'를 향해 간다. 이곳의 간판은 일층에 붙어 있지만 영업소의 입구는 깊은 계단을 한참이나 내려가야만 나타난다. 내가 신참이던 시절 선배들의 단골이었던 이곳은 무엇을 하는 가겐지 알 수가 없다. 소집해제를 눈앞에 둔 선배들은 큰딸이 있는 방이 그립다고만 했다.

당신의 집에 거의 다다르고 있다. 이 골목은 당신의 집으로 들어가기 위한 마지막 관문이다. 여기엔 최신형 빌라들이 빽빽이 들어차 있다. 몇 년 전부터 이 동네엔 정원 딸린 단독주택들이 헐리고 새로운 건물이 들어섰다. 원룸 형태의 다세대주택, 빌라. 조용히 불러보면 입안에서 뽀얀 우윳빛 살결냄새가 나는 것도 같다. 고급스럽다. 그 안에는 많은 사람들이 살고 있다. 대학생을 비롯해 아침 출근을 서두르는 사람들을 제외한다면 대부분 미용실을 즐기는 밤 출근의 여자들이 산다. 호스티스, 바텐더, 출장마사지사 그리고 노래방 도우미. 그래, 당신은 노래방에서 손님들의 흥을 돋아주는 마이크 보조였다. 그것은 당신이 처음 보낸 편지에서 알아봤다. 라벨이 붙어 있는데도 발신지만 적혀 있고 편지를 받아야 할 수신자 주소가 적혀 있지 않은 이상한 편지. 아니, 받는 사람의 주소가 수정액으로 두껍게 덧발라져 있는 하얀 규격봉투의 편지. 그 편지를 발견함으로써 나는 당신을 알게 되었다.

"나 왔어요"

나는 현관문을 열고 들어가 당신에게 인사를 건넨다. 당신은 창가에 놓인 침대 위에 잠들어 있다. 신발을 벗고 당신 곁으로 간다. 당신은 눈을 감은 채 조용히 나를 맞는다. 나는 침대에 걸터앉자마자 당신의 손에서 새하얀 장갑을 뺀다. 그리고는 당신의 보드라운 손에 코를 대고 냄새를 맡아본다. 은은하면서도 아찔한 향내가 뇌 속까지 전해지는 기분이다. 나는 차가운 손등을 어루만지며 리더기를 찍는 시늉을 해보다 얼른 장갑을 끼운다. 당신의 손에서 레몬향이 다 날아가 버리면 큰일이다.

"많이 심심했죠?"

당신은 아무런 대꾸가 없다. 나는 볼록한 당신의 가슴을 만지려다 가만히 얼굴을 들여다본다. 동그란 이마, 옅고 가는 눈썹, 집게를 물려놓은 듯한 코 살짝 벌어진 붉은 입술 주위로 얼룩덜룩한 선홍색 반점이 피어 있다. 자세히 보니, 눈가와 광대뼈 주위도 그렇다. 나는 당신의 멍든 얼굴을 보고 있자니 우체국에서의 일이 떠올라 자꾸 웃음이 나려고 한다.

"난 이미 알고 있었는데. 훗훗. 희정 씨가 계장님 뺨을 이렇게 후려쳤잖아요"

나는 허공에 대고 바른손을 힘껏 휘둘러본다. 허황한 바람이 손가락 사이로 새나간다. 편지를 내놓으라며 계장의 멱살을 잡고 뒤흔들던 장면이 떠올라 부끄러운지, 당신의 얼굴이 조금 붉어진다. 나는 괜한 말을 꺼낸 것 같아 머리를 긁적이다 자리에서 일어난다. 화장실로 가 수건을 적셔 나온다. 잠시 무르춤하게 서서 당신을 바라보다 이내 가까이 다가간다. 당신의 머리칼을 이마 뒤로 쓸어 넘기고 얼굴을 닦는다. 볼을 닦을 때마다 한쪽 눈이 찡그려진다. 구겨지는 눈가를 보고 있으려니 당신을 처음 찾아갔던 날이 생각난다. 나는 새벽 근무를 마친 뒤 발신 주소만 적힌 편지를 들고 당신의 집에 들렀다. 3층 복도에서 한참을 기다렸다. 아침 무렵 지친 몸을 이끌고 계단을 오르는 당신. 편지를 들고 서 있는 나를 스쳐 지나는 바람 같은 얼굴의 당신…… . 진한 양주냄새를 남긴 채 찰칵하고 문이 잠기는 소리가 들렸을 때 나는 차라리 편지를 쓸 걸, 하고 후회했다.

"들어와요"

한참 만에 현관문을 열고 나온 당신은 그때까지도 거기 서서 어떻게 해야 할지 몰라 서슴대고 있던 내게 그렇게 말했다. 나는 너무 감격한 나머지 눈물을 흘릴 뻔 했다. 당신은 그런 내 얼굴을 보았는지 못 보았는지, 무심하게 돌아서서 안으로 들어갔다. 나는 편지를 주머니에 구겨 넣고 뒤따라 들어갔다. 신발을 벗고 들어가 침대와 장롱 하나만 덜렁하니 놓여 있는 방 안에 우두커니 서 있었다. 당신이 내게 뭐라고 할 때까지 기다릴 참이었다.

"마셔요."

당신은 뜨거운 김이 피어오르는 녹차 한 잔을 바닥에 내려놓았다. 그제야 나는 바닥에 앉아 당신을 마주보았다. 당신의 젖은 머리에서 싱그러운 샴푸향이 전해져와 내 코를 찔렀다. 아득한 정신에 나는 무슨 말을 해야 할지 몰라 잠깐 꿈을 꾸고 있다고 생각했다. 당신은 무릎을 비스듬히 모아 앉고 머리칼을 쓸어내렸다. 나는 뜨거운 차를 훌훌 불어가며 몇 모금 들이켰다. 당신은 아무 말도 하지 않은 채 찻잔을 쥐고 있는 나를 물끄러미 바라보았다. 나는 차를 마시면서도 당신의 눈길을 피하지 않았다. 당신이 무슨 일을 하는지, 누구를 그리워하는지 이미 알고 있었기 때문이다.

"오늘은 조퇴를 했어요. 희정 씰, 빨리 보고 싶었거든요."

나는 수줍게 당신을 쳐다본다. 당신은 기분이 좋아 보인다. 창백했던 얼굴이 습기를 머금어선지 동그란 이마와 입술이 반지르르 윤이 난다. 내가 없는 사이 꼭 옅은 화장을 한 것 같다. 나는 잠깐 당신의 윗도리를 들추고 배꼽 주위를 만진다. 이렇게 당신의 아랫배와 배꼽을 만지고 있으면 고향집에 돌아온 기분이 든다. 햇살이 한껏 드는 넓은 창이 있는 일층 양옥집. 앞마당엔 키우던 개가 도망을 쳐 텅 빈 개집만 덩그러니 남았지만, 뒷마당을 가로질러 조금 걸어가면 회칠을 덧바른 두꺼운 벽에 슬레이트 지붕을 얹은 작은 공장이 있었다. 내가 대문에 달린 초록색 편지함을 뒤지며 노는 동안 엄마와 아버지는 그곳에서 밤새 베로 된 하얀 실내화를 찍어냈다.

나는 불을 끄고 당신 옆에 가만히 눕는다. 당신만의 추억을 음미할 수 있도록 당신의 손을 가져다 내 아랫배에 올려놓는다. 창을 투과해 들어오는 불그스름한 불빛에 물든 당신의 옆얼굴을 바라본다. 당신의 긴 속눈썹이 파르르 떨린다. 나는 고개를 들고 당신의 눈가로 손을 뻗어 살포시 감은 눈두덩을 손끝으로 매만진다. 당신의 얼굴이 불현듯 슬퍼 보인다. 나는 당신을 달래주기 위해 귓가에 속삭이듯 노래를 부르기 시작한다. 집 떠나와 열차 타고 훈련소로 가는 날……

당신은 노래를 불러 달라고 했다. 이등병의 편지. 그것은 당신의 남자친구가 즐겨 부르던 노래였다. 나는 모른다고 했다. 그러자 당신은 울 것 같은 표정으로 노래를 부르기 시작했다. 나는 알고 있었다. 노래방에서 만난 다섯 살 아래의 금테 안경을 낀 대학생. 그가 당신의 남자친구였다. 당신은 노래를 부르며 찻잔을 치웠다. 그리고는 점점 큰 소리로 열창하며 침대 밑에서 사진 석 장을 꺼내왔다. 나는 그만 일어나려고 했다. 당신은 내 손을 잡았다. 내가 손을 뿌리치자 당신은 노래를 멈추었다. 나는 검고 투명한 사진을 받아들었다. 뿌연 안개에 싸여 있는 동그란 작은 구멍. 그 속에서 움트고 있는 콩알만 한 하얀 점. 나는 당신에게서 등을 돌렸다. 사진을 내려놓고 밖으로 나가려는 내게 당신은 울면서 말했다. 편지를 보내야만 하는데, 어디로 보내야할 지 몰라서 그랬다고 내 손에 들려

있던 자신의 편지를 봐서가 아니라 전혀 닮지 않은 내게서 그 사람을 보았기 때문이라고 그날부터 나는 당신이 남자친구와의 추억을 담은 편지를 보내올 때면 잊지 않고 당신의 집을 찾았다.

지각이다. 오늘은 이상하게 피곤하다. 어젯밤 새벽까지 당신에게 노래를 불러주느라 잠을 설쳐서 그런가. 손목에 찬 시계를 본다. 2차 발송을 시작할 시간이다. 나는 급히 휴게실로 들어가 작업복으로 갈아입고 나온다. 후배들이 발착장에서 올라온 우편물들을 개낭하고 있다. 우편집중국에서 들어온 각종 우편물들이 넓은 탁자에 한꺼번에 쏟아진다. 바닥에 새로운 박스를 깔고 있던 신참들이 나를 보고 큰 소리로 인사한다.

"안녕하십니까."

나는 길게 '안녕' 하고는 내가 맡은 동별로 간다.

"많이 아프면 결석계를 내든지."

계장이 다가와 말을 건넨다. 나는 고개를 젓는다. 그는 무슨 말인가 하려다 돌아선다. 3시간을 넘게 지각했는데도 계장은 화를 내지 않는다. 이런 대우는 신참에겐 있을 수 없는 일이다. 아무래도 내가 여길 나가야 할 날이 얼마 남지 않았다는 증거다. 나는 발송대 앞에 서서 구분함에 적힌 주소들을 바라본다. 아침 늦게 일어나 오후 내내 당신의 집을 청소했다. 당신의 흔적이 지워지지 않기 위해 될 수 있는 한 조심조심 먼지를 쓸고 바닥을 닦아냈다. 출근시간이 가까

위 왔지만 당신을 곁에 두고 떠나기가 싫어 뜸을 들이다 지각했다. 하지만 상관없다. 나는 이곳에서 제일 높은 고참이니까. 신참이 분류된 우편물을 내 책상에 가져다 놓는다. 이 편지들은 모두 강남으로 들어온 것들이다. 강남에는 12개의 동이 있다. 역삼동, 삼성동, 대치동, 도곡동, 포이동, 일원동, 수서동, 신사동, 압구정동, 논현동, 청담동 그리고 당신이 살고 있는 개포동. 분류된 우편물들은 각 동별로 전해지고 다시 구분에 들어간다. 각 동에 설치된 발송대에서 주소별로 나뉜 편지들은 리더기를 통해 고유의 등기번호가 컴퓨터에 저장된 뒤 집배실로 넘어간다. 우리의 임무는 집배실로 넘어가기 직전까지다. 그 뒤부턴 편지가 전달되고 안 되고는 집배원의 몫이다. 나는 책상에 쌓인 편지를 들고 구분을 시작한다. 그런데 오늘은 편지를 만지는 느낌이 좋지 않다. 하얗고 빳빳한 편지들이 자꾸만 손끝에서 미끄러진다. 손가락이 시큰거리는 느낌이다.

"너 같은 꼴통이 여길 어떻게 왔냐?"

우체국에 들어온 지 일주일째 되던 날, 키가 큰 고참이 발송대 앞에서 내 귀를 틀어쥐고 지껄였다. 나는 우물거렸다. 사지가 멀쩡한데도 고등학교를 중퇴해 보충역 판정을 받았다는 사실이 바보소리를 듣게 한다는 것을 훈련소에서 이미 경험했기 때문이다.

"너, 어디 모자란 놈 맞지?"

고참은 나를 내려다보며 실쭉 웃어 보였다. 나는 고개를 흔들었다.

"머리가 이상하면 신검 받을 때 말했어야 할 거 아냐."

고참은 잘 익은 수박을 확인하듯 내 머리를 톡톡 두드렸다. 나는 두 손에 든 편지를 꼭 움켜쥔 채 목을 잔뜩 움츠렸다. 1차 발송을 끝내고 쉬는 시간이면 선배들은 저마다 신체검사에서 5급 판정을 받은 이유를 자랑처럼 밝히곤 했다. 손에 땀이 많이 나서, 눈에 이상이 있어서, 무릎이 닳아서, 허리가 부실해서, 총을 쏴야하는데 오른쪽 검지를 다쳐서. 나는 그 가운데 하나를 선택하기로 했다. 아픈 이유를 정하고 나서부턴 불쑥불쑥 손가락이 저리기 시작했다. 술을 사오라며 앙상한 나뭇가지 같은 두 손을 몹시 떨어대던 엄마가 생각난다. 엄마는 서울에 온 뒤부터 아버지처럼 술을 마셔댔다. 유명 상표를 단 온갖 종류의 신발들이 등장하면서부터 기계 돌아가는 소리가 뜸해진 실내화 공장. 더 늦기 전에 모든 걸 정리하자는 엄마의 말에 아랑곳없이 눈만 뜨면 종일 소주병을 끼고 홀짝홀짝 술을 마시던 아버지. 엄마는 무엇을 잊고 싶었는지 술에 젖어 살았다.

손이 저리다. 한 끼도 먹지 않은 채 잠만 자고 있는 당신이 걱정스럽다. 당신은 고집이 세다. 벌써 며칠째 눈을 감고 아무 말이 없다. 술 외엔 어떤 것도 먹지 않을 거라는 당신. 당신은 정말 고집이 세다. 그 고집 때문에 첫 번째 아이가 사라졌다. 한참을 망설이고 고민하던 당신은 남자에게 임신한 사실을 숨긴 채 홀로 병원을 다녀왔다. 아무 것도 모르는 남자는 또 다시 실수를 저질렀고 두 번째인 당신은 습관처럼 지워냈다. 하지만 세 번째 아이를 임신했을 땐 웬일인지 그 사람이 알기를 바랐다. 그래서일까. 당신은 선뜻 지우지 못했고 남자는 당신의 바람대로 점점 불러가는 배를 보고 알아차렸다.

"차라리 잘 됐어. 아이까지 임신했는데 부모님도 더는 뭐라 못하실 거야."

당신의 배를 보며 기뻐하던 남자. 빨리 낳았으면 좋겠다고 해맑게 웃음 짓던 남자. 당신은 남자의 미소를 떠올리며 세 번째 아이와 작별을 했다. 임신한 지 20주가 넘어 촉진제를 맞고 고통 속에서 아이를 낳았다. 마취약을 흡입하고 잠이 든 당신은 아이의 얼굴조차 보지 못했다. 젖 말리는 주사를 맞고 일주일 동안 가슴에 압박붕대를 맨 채 누워 있어야 했다. 당신의 밑에선 선홍빛 여린 피가 자꾸 흘러 내렸다. 미안해. 남자는 한 마디 말을 남기고 사라졌다. 더 이상 당신을 볼 수 없다고 했다. 당신은 그럴 수 있다고 했다. 충분히 그래야만 한다고 이를 악물었다. 당신이 집으로 돌아와 다시 마이크를 잡을 무렵 남자는 편지를 보내왔다. 그 뒤로 일주일마다 당신의 집엔 편지가 도착했다. 남자는 당신을 잊으려고 군대에 왔지만 잊을 수 없다고 했다. 모든 게 후회스럽다고 했다. 당신이 사무치게 그립다고 했다. 하지만 당신은 답장을 하지 않았다. 훈련소를 나와 이등병을 달고 자대배치를 받게 되었다는 편지가 왔을 때도 답장을 보내지 않았다. 당신은 남자를 위해 그렇게 해야 한다고 생각했다. 화가 난 남자는 자신을 받아주지 않으면 휴가를 나오는 즉시 당신을 죽여 버리겠다고 했다. 그러나 당신은 남자의 편지를 차곡차곡 쌓아놓을 뿐이었다.

휴게실로 들어가 옷을 갈아입는다. 다행히 물량이 적은 날이어서 대치동을 마감으로 모든 발송이 평상시보다 일찍 끝이 났다. 나는 후배들의 인사를 받으며 우체국을 나와 길을 걷는다. 새벽공기를 마시며 당신의 얼굴을 그려본다. 이상하다. 당신의 얼굴이 정확히 떠오르지 않는다. 아무리 그려봐도 머릿속엔 하얀 규격봉투의 편지를 닮은 당신의 차가운 손만 떠오른다. 오늘은 이상하게도 당신에게 가는 길이 즐겁지 않다. 나는 신호등을 건너 미용실이 밀집한 넓은 골목으로 들어선다. 걸음을 재촉한다. 기점이나 교차점, 방향이 바뀌는 곳에 정확히 21개의 맨홀뚜껑이 있지만 그냥 지나쳐 당신의 집에 도착한다. 계단을 올라 3층 복도에 들어서자 옆집 여자가 문을 열고 밖으로 나온다. 나는 잠깐 머뭇거린다. 여자가 이상한 눈초리로 나를 보는 듯하다. 나는 당신의 열쇠를 꺼내 쥐고 살짝 웃어 보인다. 여자는 불안한 자세로 몸을 돌린다. 그리고는 다시 안으로 들어가 문을 잠근다. 탈칵. 나는 잠깐 옆집 여자의 사라진 흔적을 더듬다 302호의 문구멍에 열쇠를 끼어 넣는다.

신발을 벗고 안으로 들어선다. 실내에서 이상한 냄새가 난다. 삶은 달걀이 팍 곯아버린 듯한 냄새. 나는 당신이 누워 있는 침대 쪽으로 가 창문을 연다. 쌀쌀한 새벽공기가 방 안으로 확 밀려든다.

나는 환기를 시키기 위해 창문을 열어놓은 동안 침대 맡에 서서 당신을 내려다본다. 저 멀리 교회 탑의 십자가 불빛이 당신이 누워 있는 자리까지 비춰 든다. 투명하게 빛나는 발간빛이 고요한 당신의 얼굴에서 어릿어릿 흔들린다. 나는 선 채로 당신의 눈 밑에 찍힌 흉터를 본다. 왼쪽 눈 가장자리에 난 개미를 닮은 검붉은 자국을 보자 당신에게서 온 마지막 편지가 생각난다. 더 이상 오지 않는 남자의 편지를 기다리다 지친 어느 날 당신에게 남자의 형과 어머니가 찾아왔다. 어머니는 당신을 보자마자 뺨을 때리고 머리를 쥐어뜯었다. 당신의 머리를 현관에 짓찧으면서 미친 듯이 욕을 해댔다. 사악한 년, 몹쓸 년, 저주 받을 년, 개 같은 년, 귀한 내 새끼를 잡아먹은 년. 당신은 남자의 자살을 믿지 않았다. 첫 휴가를 나오기도 전에 죽었다는 말을 믿지 않았다. 아니, 소총을 입에 물고 방아쇠를 당겼다는 사실을 믿고 싶지 않은 듯했다. 당신은 눈가에 흐르는 피를 닦지도 않은 채 형이라 불리는 사람의 다리를 잡고 울부짖기 시작했다. 자기를 버리고 절대로 그런 짓을 할 사람이 아니라고, 그렇게 가는 법은 없다고 그러면 안 된다고 절규하듯 소리쳤다. 입영 통지서가 날아온 날부터 나만 보면 울컥 화를 내던 내 엄마처럼. 이 새끼야. 엄말 두고 어딜 가려고 가면 안 된다. 가지 마라. 가지 마.

나는 화장실로 가 걸레를 들고 나온다. 피곤하지만 왠지 청소를 끝내야 할 것 같다. 나는 미처 닦지 못한 싱크대 주변을 깨끗이 닦기 시작한다. 유리컵을 꺼내 살펴보고는 때가 묻은 것을 골라 다시 닦는다. 물방울이 바닥으로 튀지 않게 조심히 씻어낸 뒤 가지런히 정리한다. 찬장을 연다. 그릇들이 포개져 있는 한쪽으로 남자가 보낸 편지들이 흩어져 있다. 나는 고개를 돌려 당신을 살피고는 편지들을 모아 주머니에 구겨 넣는다. 당신이 얼핏 잠에서 깨어 내 쪽을 바라본다.

"걱정 말아요, 희정 씨. 내가 잘 보관할게요."

내 말에 당신은 다시 눈을 감는다. 나는 당신이 누워 있는 창가로 가 창문을 닫는다. 주변을 한번 둘러본 뒤 불을 끄고 당신 옆에 눕는다. 하얀 장갑을 낀 당신의 손을 내 아랫배에 가져다 놓는다.

"나도 이등병이에요. 제대를 해도, 아니 소집해제를 해도 영원히 이등병."

나는 당신을 보며 위로의 말을 건넨다. 당신은 살짝 미소를 짓는다. 나는 당신의 남자친구가 나와 같은 이등병이었음을 알고 있다. 나는 당신의 머리칼을 넘기고 이마를 쓰다듬는다. 당신은 내게 영원히 늙지 않는 방법이 있냐고 물은 적이 있다. 나는 그냥 씩 웃고 말았다. 당신은 어린 남자친구를 위해 더는 늙을 수 없는 모양이었다. 당신이 왜 그런 질문을 했는지 정확히 알 수 없지만 대충은 알 것도 같다.

"정말 죽는 게 아니라, 영원히 잠드는 걸까요? 그 모습 그대로?"

나는 어둠 속에서 천장을 보며 묻는다. 당신은 내 질문에 아무 대답도 하지 않는다. 벌건 불빛으로 물든 천장을 보고 있자니, 1년 전 제대를 석 달 앞둔 고참이 우편물을 묶는 압착기에 목이 졸린 장면이 떠올라 온몸에 소름이 돋는다. 총을 쏴야하는데 오른쪽 검지를 다쳐 보충역 판정을 받았다고 했던 고참이었다. 그는 군과 관련한 브로커가 잡혀 병무비리 명단이 밝혀지는 바람에 재검을 받게 되었다. 병무청을 다녀온 뒤 현역 2급 판정을 받은 그는 그날 내내 우울한 얼굴로 편지를 구분하다 압착기에 머리를 처박고 버튼을 눌렀다. 그러고 보니, 구급차에 실려 나가던 고참의 핏기 없는 얼굴이 당신의 잠든 모습과 닮은 듯도 하다.

"영원히 잠들고 싶어요. 도와줄래요?"

당신은 내게 칠레산 포도주를 한 잔 가득 따라준 뒤 애절한 눈빛으로 부탁했다. 사랑하는 사람을 위해서라고 했다. 나는 사랑하는 사람을 위해서라는 당신의 말에 조용히 밖으로 나갔다. 당신이 포도주를 모두 비워내는 동안 나는 당신에게서 받은 처방전을 들고 24시간 운영하는 대형약국에 들러 수면제를 구해왔다. 당신은 이제 편히 잠들 수 있게 돼서 고맙다며 내게 키스를 해주었다. 하지만 웬일인지 나는 기분이 좋지 않았다. 당신은 내 눈을 감게 하고 또 한 병의 포도주를 비워냈다. 그리고는 내 무릎 위에 긴 머리칼을 얹고 누워 노래를 불러달라고 했다. 나는 텅 비어버린 약통을 바라보며 노래를 불렀다. 당신이 잠들 때까지 쉬지 않고 노래를 불렀다. 당신은 잠들면서 남자의 이름을 중얼거린 듯도 했다.

나는 고개를 돌려 당신을 쳐다본다. 당신은 내 아랫배에 손을 얹은 채 눈을 감고 있다. 나는 당신을 위해 노래를 불러주려다 그만 눈을 감는다. 오늘은 자꾸 슬픈 생각이 든다. 나는 당신의 손을 잡아 가만히 내려놓는다. 그리고는 당신의 옷을 들추고 배꼽과 아랫배를 쓰다듬는다. 깜깜한 어둠 속에 갇힌, 이제는 희미해져 가는 기억 속의 고향집과 엄마, 아버지를 생각하며 천천히 어루만진다.

공장 안의 집기들을 모조리 팔아버린 사실에 난동을 부리다 집을 나간 아버지. 그날 밤, 술에 취해 돌아온 아버지를 방에 눕히고 냉랭한 얼굴로 돌아서던 엄마. 엄마는 내게 약국을 다녀오라고 했다. 나는 엄마가 적어준 쪽지를 들고 약을 사왔다. 엄마는 꿀물을 타서 아버지가 있는 방으로 들어갔다. 다음 날, 나는 젖은 수건을 얼굴에 덮은 채 목석처럼 누워 있는 아버지를 발견했다. 아버지의 희끗한 머리칼이 선풍기의 바람에 이리저리 휩쓸리고 있었다. 엄마는 나를 시켜 경찰서를 다녀오게 했다. 나는 어젯밤 아버지가 마셔버린 이틀 치의 수면제를 떠올리며 경찰서를 다녀왔다. 형사는 눈을 감고 있는 아버지의 창백한 얼굴을 유심히 들여다보았다. 물수건이 사라진 얼굴은 깨끗했다. 형사는 주변을 둘러보았다. 엄마는 눈을 감은 채 아버지 곁에 앉아 있었다. 형사는 선풍기를 발로 끄고 방을 나갔다. 현관에 서 있는 동료를 보며 무심히 내뱉던 말이 귓가에 오래도록 메아리쳤다. 자살이야.

눈을 뜬다. 벌써 오후 2시가 넘었다. 나는 누운 채로 고개를 돌린다. 햇살이 창백한 당신의 얼굴을 환히 비추고 있다. 당신과의 하룻밤이 또 꿈처럼 지나갔다. 나는 눈을 비비고 일어나 창문을 연다. 바깥 골목에서 소음이 밀려든다. 아이들의 고함소리와 오토바이의 엔진소리, 자동차의 경적소리도 들린다. 나는 침대 모서리에 걸터앉아 당신을 바라본다. 당신의 얼굴이 시든 장미처럼 빛바래 있다. 혹시 나 때문에 밤새 잠을 이루지 못한 것은 아닌지 걱정스럽다. 나는 허리를 구부려 당신의 뺨에 볼을 비빈다. 이상하다. 당신에게서 낯선 냄새가 난다. 당신의 장갑을 벗겨 손등에 코를 대본다. 생기 없는 하얀 손에선 아직도 레몬향이 나는 듯하다. 다행이다. 하지만 당신의 몸에서 나는 이상한 냄새 때문에 당혹스럽다. 이런 냄새는 당신에게 어울리지 않는다. 오늘은 향이 좋은 바디샴푸로 당신의 몸을 구석구석 닦아 줘야지. 나는 서둘러 나갈 준비를 한다. 우체국으로 가기 전에 먼저 바디숍에 들러 제일 좋은 목욕용품을 구입해야겠다.

"오늘은 좀 일찍 출근해요. 미안해요, 희정 씨."

나는 당신에게 인사를 하고 신발을 신는다. 복도로 나와 문을 잠그고 잠깐 숨을 고른다. 그때 문을 열고 나오려던 옆집 여자가 나를 보곤 잽싸게 문을 닫는다. 철컥. 나는 굳게 닫혀버린 옆집 여자의 문을 멍하니 바라본다. 그동안 내가 누군가에게 해를 끼친 적이 있었나 곰곰 생각해본다. 아무리 떠올리려고 해도 잘 떠오르지 않는다. 갑자기 기분이 나빠진다. 나는 우울해진 기분으로 계단을 내려간다. 2층 계단을 내려오는 동안 아래에서 올라오던 또 다른 여자들이 나를 보고 저만치 몸을 피한다. 그들은 나를 이상한 듯 힐끔거린다. 나는 살짝 웃어 보이고는 걸음을 빨리 하여 남은 계단을 내려간다. 1층 현관을 빠져나오자 한결 마음이 가벼워진다. 나는 두 발로 맨홀을 밟아가며 길을 걷기 시작한다. 빌라들이 몰려 있는 좁은 골목을 걷고 있는 동안 등 뒤에서 사이렌 소리가 들려온다. 싸익싸익싸익-. 점점 가까워지는 사이렌 소리를 들으며 어젯밤 내게 수줍은 미소를 지어 보인 당신의 입술을 떠올린다. 내 아랫배에 올려놓은 당신의 보드라운 손이 벌써부터 그리워진다. 우체국을 제대하면 이제부터 내가 당신의 일을 대신 해야겠다. 뭐라고 써야할지 모르겠지만 당신의 남자에게 편지를 보내야겠다. 어릴 적 위문편지를 써본 뒤로 단 한 번도 편지를 써본 적이 없지만 당신을 위해서라면 무엇이든 할 수 있다. 하얗고 예쁜 편지지에 싱싱한 레몬을 문질러 싱그러운 향기도 담아주고 당신이 외롭지 않으려면 일주일에 두 차례는 써야겠지. 내가 그런 일을 한 것을 알면 당신이 미안해할지도 모르니 발신지는 지워야겠다. 될 수 있는 한 당신의 남자가 있을지도 모르는 먼 곳까지 당신의 편지가 널리널리 퍼져나갈 수 있도록 많은 주소를 외워야겠다. 하지만 당신이 기뻐할 모습을 생각하니 기분이 좋으면서도 한편으론 내가 외로워질 것만 같아 겁이 난다. 간이 썩어 입 냄새를 풀풀 풍기던 엄마를 두고 훈련소로 들어가던 날처럼 말이다.

엄마는 내가 군대에 가는 것을 원치 않았다. 한 달이면 돌아올 텐데도 자기 곁을 떠나는 것을 견딜 수 없어 했다. 훈련소로 들어가기 전날 밤, 새카매진 얼굴로 내게 목이 쉬도록 욕을 퍼붓다 잠이 든 엄마. 나는 엄마의 곁에서 하루를 꼬박 새웠다. 다음 날 아침, 그 동안 엄마 몰래 숨겨두었던 아버지의 하얀 실내화를 꺼내 신고 아직 잠에서 깨지 않은 엄마를 보며 작별 인사를 했다. 한 달만 기다려요, 엄마.

손가락이 저려온다. 나는 주위를 살피고는 주머니 속에 든 편지들을 만지작댄다. 어딘가에서 영원히 잠자고 있을 아버지를 떠올리며 또각또각 걸음을 뗀다. 갑자기 노래를 부르고 싶다. 수많은 원룸들이 모여 있는 빌라촌의 골목길을 빠져나오며 조금씩 입을 벌려본다. 그리고는 소리 없이 벙긋대기 시작한다.

뒷동산에 올라서면 우리 마을 보일런지
나팔소리 고요하게 밤하늘에 퍼지면
이등병의 편지 한 장 고이 접어 보내오.

사령 死靈

사령 死靈

　주역의 계사 중에 음양불측지위신(陰陽不側之謂神)이라는 구절이 있다. 이는 음양의 변화를 추측할 수 없는 상태가 곧 신이라는 뜻이다. 예기의 제법에 따르면, 산이나 수풀이나 물이 흐르는 내나 골짜기나 구릉이 구름을 일으키고 비바람을 만들어내는데 그중에 괴이한 물건을 모두 신이라고 한다. 모든 사람은 반드시 죽고 또 죽으면 흙이 되는데, 이것은 귀라고 일컫는다. 골육은 땅에 들어가 썩고 으슥한 곳에서 차디찬 흙이 되고 그 기(氣)는 발양해서 허공으로 올라가 빛나는 것, 냄새나는 것, 싸늘한 것 등이 되는데, 이것은 모두 만물을 이루고 있던 정기로 '귀신의 나타남'이라고 한다. 뜨거운 육신이 그 생을 다하게 되면 산화되어 사라지면서 귀와 신의 작용을 통해 자연히 육신을 닮은 기운을 만들어내는데, 이것이 바로 영(靈)의 실체다. 희부연 안개 같기도 하고 검은 먹구름 같기도 한 사람을 닮은 형상.

여자는 벌써 두 시간째 발꿈치를 모아 붙이고 허리를 꼿꼿이 세운 채 눈을 감고 있다. 유리창을 투과해 쏟아지는 역광 속의 여자는 그림자의 형상처럼 어둡고 흐릿한 모습이다. 나는 헛기침을 한 뒤 그녀에게 다가가 동그란 양어깨를 살짝 건드린다. 단전에 손을 모으고 있던 여자는 슬며시 눈을 뜨고 나를 올려다본다. 여자의 어깨엔 아직도 힘이 남아 있다. 나는 여자의 등 뒤로 돌아가 긴 목과 여린 어깨가 만나는 중간 부위의 견정혈을 엄지와 중지로 꼭 집어 몇 차례 밀어준다. 그리고는 창가로 가 블라인드를 내린다.

"초를 켤까요?"

여자는 몸을 돌려 나를 바라본다. 여자의 시선이 한동안 내 코에 머물다 정수리 쪽을 향한다.

"금세 익히셨군요"

나는 여자의 눈을 주시한 채 천천히 다가간다. 상대방의 코를 응시하다 머리 쪽을 살펴보라. 이것은 상대의 빙의령을 알아보는 방법이다. 영능력자들은 본능적으로 이 방법을 쓴다. 한동안 상대의 얼굴을 바라보다 가끔 그 사람의 머리 뒷부분을 응시한다. 그러면 영락없이 상대에게 붙어 있는 영의 실체를 볼 수 있다. 물론 상대가 영을 달고 다니지 않을 경우엔 아무 것도 보이지 않는 법.

"그래, 뭐가 보입니까?"

나는 여자의 앞으로 가 무릎을 꿇고 앉는다. 여자는 무엇이든 빨아들일 것 같은 새카만 눈으로 나를 바라보다 고개를 젓는다. 당연한 일이다. 아무리 영적 감응능력이 좋다고 해도 이것은 고난이도 방법이다. 단번에 능달할 수 있는 수행이 아니다.

"여길 찾아오는 사람들은 딱 두 부류로 정해져 있죠. 나와 같은 일을 하려거나 아니면 일을 부탁하려는 사람들. 근데, 진희 씬 좀 다르군요."

나는 바지와 셔츠의 주머니에서 라이터를 하나씩 꺼내 바닥에 내려놓는다. 여자는 조금의 흐트러짐도 없이 곧은 자세로 앉아 있다. 어스름한 가운데 여자의 미끈한 목선이 눈에 들어온다.

"여길 보세요."

나는 시선을 돌리며 라이티를 양손에 쥐고 불을 켠다. 어두운 방 안에서 촛불 두 개를 켜놓고 앉아 그 사이를 응시하라. 촛불과 촛불 사이의 간격은 60cm정도로 하고 90cm가량 떨어져 앉아 촛불 사이의 빛이 교류하는 부분을 응시하면 그 터에 있는 영의 모습이 나타난다. 이는 영체가 가진 기(氣)진동이 빛의 파동과 부딪치면서 생기는 영상으로 초보자도 쉽게 알아 볼 수 있다.

"움직여요 뭔가 움직이고 있어요"

한참을 집중해서 바라보던 여자가 낮은 목소리로 속삭인다. 여자의 얼굴이 조금 긴장된 듯하다. 불빛에 비친 깊이를 알 수 없는 여자의 동공이 순간 광휘를 뿜어낸다. 나는 재빨리 라이터를 내려놓는다. 영문을 모르는 여자가 고개를 쳐들고 나를 바라본다.

"오늘은 이쯤 합시다."

나는 자리에서 일어난다. 이런 현상을 오래 접하게 하는 일은 좋지 않다. 나는 소파로 가 테이블에 놓인 생수를 몇 모금 들이켜고 자리에 앉는다. 여자는 이해할 수 없는 표정으로 내 쪽을 물끄러미 바라보고 있다. 나는 소파에 등을 기댄 채 한숨을 토해낸다. 여자는 조용히 자리에서 일어난다. 굳어진 몸을 가볍게 풀고는 쇼핑백을 챙겨 화장실로 향한다.

P대학에서 민속학을 강의하시던 정이열 선생님 맞죠?

보름 전 여자는 내게 전화를 걸어와 다짜고짜 그렇게 말했다. 쇳조각이 부딪치는 것 같은 카랑한 목소리로 내 신분을 묻고는 꼭 만나야 할 사람이 있어요, 라고 거듭 힘주어 말했다. 나는 간절함이 묻어나는 여자의 어조에 내 번호를 어떻게 알았냐고 물을 겨를도 없이 오피스텔의 주소부터 알려 주었다. 여자는 주소를 받아 적자마자 이렇다 할 말도 없이 전화를 끊어버렸다.

화장실 문이 열린다. 여자는 금세 옷을 갈아입고 밖으로 나온다. 나는 앉은 채로 여자를 바라본다. 파란색 벨벳재킷을 걸치고 서 있는 여자의 얼굴은 희미한 이목구비에도 불구하고 서늘한 빛을 뿜어낸다. 나는 잠깐 말문이 막혀 생수병을 집어 든다. 매번 수행이 끝나고 나면 여자에게서 느껴지는 냉랭함에 무슨 말을 건네야할 지 몰라 멈칫거리게 된다.

"내일은 늦지 마세요"

나는 물을 한 모금 삼키고는 입안에 잠긴 말을 겨우 내뱉는다. 여자는 공손히 허리를 숙여 인사를 건네고 현관으로 걸어간다. 잠시 그 앞에서 뜸을 들이다 문을 열고 사라진다. 잠금장치가 자동으로 돌아가며 소리를 낸다. 나는 문이 잠기는 것을 확인하고는 창가로 가 블라인드를 걷는다. 기웃한 석양이 테이블과 소파가 있는 안쪽 깊숙한 곳까지 밀려든다. 나는 서녘하늘에 걸린 붉은 놀을 등에 지고 앉아 눈을 감는다.

정 선생님? 지금 계신 곳이 807호라고 했죠?

여자는 일주일 만에 다시 전화를 걸어왔다. 지난번처럼 자신이 누구라는 말 한 마디 없이 집 앞에 왔으니 올라가겠다고 했다. 나는 당황했지만 그러라고 했다. 이 오피스텔은 수행을 위한 곳으로 소파와 테이블, 낮은 책장 외엔 아무 것도 들여놓은 게 없어 갑작스런 누군가의 방문에도 신경 쓸 필요가 없었기 때문이다.

여자는 전화를 끊은 지 5분도 채 안 되어 노크를 했다. 나는 현관문을 열어주었다. 전화 목소리로 미루어 짐작했던 것과는 달리, 여자는 나를 보자 두 손을 모으고 허리를 숙여 다소곳이 인사했다. 새카만 눈동자와 엷은 입술 외엔 그다지 도드라진 데가 없을 정도로 평범한 얼굴이지만 어딘지 그늘져 보이는 인상이었다. 나는 안으로 들어오도록 길을 터준 뒤 테이블이 있는 소파로 안내했다. 그리고는 주방으로 가 잎차를 잘 우려낸 석죽차를 한 잔 만들어 내왔다.

"선생님, 정말 영을 볼 수 있나요?"

여자는 찻잔을 내려놓는 나를 향해 대뜸 물었다. 여전히 자신이 누군지 밝힐 생각이 없는 모양이었다.

"향이 아주 좋습니다. 드셔보세요."

나는 여자를 마주보고 앉아 차를 권했다. 여자는 그제야 자기 앞에 놓인 찻잔을 들어 한 모금 들이켜고는 예의 그 질문을 다시 꺼냈다.

"내게 신기가 있다는데 정말인가요? 어느 무당이 그러더군요 내 머리 위에 귀신 셋이 얹혀산다고 그중 하난 어린 계집앤데 내 고모고, 나머지 둘은 남자라는군요."

"그런 말을 믿습니까?"

나는 유난히 까만 눈동자를 굴리며 불안해하는 여자를 가만히 바라보았다.

"그럼, 영이 없단 뜻인가요?"

여자는 내 눈길을 주시한 채 되물었다.

"이런 일은 아주 주관적인 해석이 따를 뿐입니다. 있다면 있는 거고 없다면 없는 거죠. 난 영매가 아닙니다. 그저 나를 필요로 하는 사람들에게 도움을 줄 뿐이죠."

"선생님의 주관대로라면 있는 거군요?"

"글쎄요. 그렇게 명쾌한 해답을 원하시니, 해줄 말이 없군요."

"알겠어요. 곤란한 질문은 하지 않을게요. 대신 영을 볼 수 있게 해주세요."

여자는 백에서 제법 두툼한 봉투를 꺼내 테이블에 내려놓았다. 나는 그것이 적지 않은 돈임을 직감했다.

"병이 들다. 감기가 들다. 우린 여전히 이런 말들을 자주 쓰고 있죠? 이런 말은 다 귀신 신앙이 발전해 오늘날의 언어 속에 잠재하게 된 겁니다. 난 사람들의 무의식에 녹아있는 이런 신앙과도 같은 관념들을 이용해 현상을 해석하고 이해시킬 뿐입니다."

나는 여자의 기색을 살피며 될 수 있는 한 누구나 납득할 수 있는 대답을 내놓으려고 애썼다. 아니, 그것이 내 솔직한 생각이었다. 귀신이란 사람들의 마음속에 내재한 불안이나 바람 등이 겉으로 드러나는 일종의 욕구분출의 현상인 것이다. 나는 이러한 현상을 귀신 또는 귀신의 작용이란 말을 빌려 그들이 스스로 문제를 해결할 수 있도록 도와줄 뿐이었다.

"네, 무슨 말인지 알겠어요. 하지만 믿을 수밖에 없잖아요? 그 계집앤 아주 오래 전에 죽은, 나도 모르고 있던 내 진짜 고모였으니까요."

여자는 자리에서 일어났다. 봉투를 집어 들어 내 앞으로 내밀며 잊고 있던 기억을 이제야 떠올린 듯 자신을 소개했다. 나는 잠시 망설이다 받아 들고는 엘리베이터 앞까지 배웅을 해주었다. 여자는 승강기에 오른 뒤 공손히 인사를 건네고 닫힘 버튼을 눌렀다.

이른 아침 7시, 여자에게서 걸려온 전화에 눈을 뜬다. 요 며칠 일거리가 밀려 정신없이 돌아다닌 탓에 피곤이 쌓여 옷도 갈아입지 않고 그대로 소파에 누워 잠이 들었다. 나는 지금 올라가겠다는 여자의 말에 전화를 끊고 자리에서 일어난다. 창을 통해 들어오는 햇살을 손으로 가리며 화장실로 들어간다. 간단히 세면을 끝내고 나오자 노크 소리가 들린다. 나는 현관으로 가 문을 열고 여자를 맞는다. 파란색 벨벳재킷을 걸친 여자는 말없이 허리를 숙여 인사를 하고 안으로 들어온다. 나는 창문을 열고 실내를 환기시킨다. 그 사이 여자는 화장실로 가 옷을 갈아입고 나온다.

"영은 곁눈으로 봐야 더 잘 보인단 사실 아십니까? 왜냐하면 망막에 결정되어 상이 보이는 게 아니라 시신경을 통하지 않고 그대로 느껴지기 때문이죠. 그냥 알아두세요. 이제 본격적인 수행을 시작해 볼까요?"

나는 창문을 닫고 블라인드를 내린다. 여자는 거실 한가운데 자세를 잡고 앉는다. 일주일밖에 안됐지만 놀라운 집중력을 보이고 있다.

"이쪽 벽을 보고 앉으세요"

나는 여자에게 볼펜을 건네며 말한다. 여자는 볼펜을 받아 쥐고 벽을 향해 돌아앉는다. 바늘 끝을 응시하다 벽을 바라보라. 첨예한 물건을 보고 있으면 은연중에 시신경이 긴장을 한다. 휘익 지나다니는 귀신들은 잘 보이지 않다가도 예민한 영안에 걸려 상이 맺히는 일이 있다. 부유령의 경우에는 이동속도가 빠르기 때문에 긴장을 해야 보인다는 말이다.

"뭔가 느껴집니까?"

여자는 고개를 젓는다.

"안 되겠어요. 아침이라 그런지 집중할 수가 없어요"

여자는 한참동안 볼펜을 쥐고 노려보다 그만 내려놓는다. 나는 잠깐 고민하다 소파의 한쪽 구석에 세워진 전신거울을 가져온다.

"일어나세요 가장 편한 자세로 서서 이 거울을 응시해 보세요"

여자는 자리에서 일어나 어깨에 힘을 빼고 거울 속을 들여다본다. 전신 거울을 앞에 두고 서서 자신의 모습을 보라. 자신의 전생 모습은 일종의 귀신이다. 이미 사라지고 없는데도 이 방법을 쓰면 전생의 모습이 그대로 떠오른다. 자신의 전생 모습을 확인하는 일은 영의 영역 주파수에 익숙해지기 위한 초보자들의 수련법이다. 물론 이런 방법 역시 귀신이란 존재를 믿는다는 전제 아래 가능한 일이지만.

"거울 속에 있는 자신을 보면서 뭐든 떠오르는 대로 그려보세요. 가장 강렬한 영상이 떠오를 때 자연스럽게 집중하면 됩니다."

여자는 거울 속의 자신을 주시한 채 고개를 끄덕인다. 나는 소파로 가 자리에 앉는다. 고개를 젖히고 눈을 감는다. 오랜 시간 잠을 잤는데도 피로가 풀리지 않는다. 나는 담배를 챙겨 조용히 밖으로 나간다. 복도 끝에 놓여 있는 재떨이 앞에서 라이터를 꺼낸다. 그때 휴대폰이 울린다. 나는 검지와 중지 사이에 담배를 끼고 다른 한 손으로 휴대폰을 꺼내 든다.

　-아무 말 말고 듣기만 하쇼

　불쑥 튀어나온 낯선 사내의 목소리. 사내는 잘 들리지 않는 먼 감의 목소리로 내 이름을 확인한다. 또 빚쟁이일 테지. 나는 담배를 입에 물고 불을 댕긴다. 폐부 깊숙이 연기를 빨아들였다 내뿜는다.

　-그 여자한테서 떨어지쇼 다시 한 번 말하지. 그 여잘 더 이상 받아주지 마쇼. 그 여잔 곧 나와 함께 먼 곳으로 떠날 사람이니까.

　탁 하는 소리와 함께 전화가 끊긴다. 도대체 이게 무슨 일일까. 나는 휴대폰에 찍힌 번호를 확인하고 재빨리 통화버튼을 누른다. 착신이 불가능한 번호라는 안내 목소리가 흘러나온다. 공중전화를 사용한 모양이다. 나는 휴대폰을 손에 쥔 채 사태를 가늠해본다. 사내는 여자와 무슨 관계일까. 여자는 남편이 없다고 했는데, 혹시 내게 거짓말을 한 것은 아닐까. 그러나 무엇 때문에 나를 속인단 말인가. 나는 얼마 피우지도 않은 담배를 눌러 끄고 서둘러 안으로 들어간다. 여자는 여전히 거울 앞에 서서 자신을 응시하고 있다. 나는 현관에 선 채 여자를 빤히 바라보다 일단 침묵하기로 마음먹는다.

　늦은 오후 3시. 나는 정류장에 막 도착한 택시에 오른다. 뒷좌석에 앉아 수첩을 꺼내 주소를 확인한 뒤 기사에게 목적지를 말한다. 기사는 고개를 끄덕이고 곧장 출발한다. 여자와 함께 오피스텔 앞 레스토랑에서 점심을 먹고 헤어진 뒤 한 통의 전화를 받았다. 50대 중반의 교양 있는 목소리의 부인은 자신을 소개하길 꺼려하면서도 딸의 상태를 자세히 설명해주었다. 무언가에 홀린 것처럼 알 수 없는 행동을 불쑥 저지르고 잠이 들면 일어날 기미조차 보이지 않는다는 딸의 상태를 듣고 방문을 결정했다. 나는 오피스텔로 돌아와 몇 권의 책을 뒤적이다 시간을 맞춰 밖으로 나왔다.

택시는 영동대교를 건너 압구정동 시가지로 접어들고 있다. 나는 차창 밖으로 스쳐지나가는 거리 위의 사람들과 잎이 무성한 회화나무, 회색빛 건물들을 바라보다 00병원이라는 남색 바탕의 흰 글자가 적힌 커다란 간판을 발견하고는 문득 아내를 떠올린다. 부스스 흩어진 숱 적은 머리카락과 거죽만 남은 핏기 없는 얼굴의 아내. 그녀는 병실에 누워 있는 동안 다 그만두겠다며 온갖 신경질을 부려대다 6개월의 유예 선고를 받은 뒤 다른 병원을 알아봐달라고 했다. 나는 어머니와 딸아이를 여동생에게 부탁하고 난소암 치료에 권위 있는 전문의를 찾기 위해 동분서주했다.

"여보, 난 당신보다 오래 살 거야."

아내는 새로 옮긴 병원에서도 같은 진단을 받았지만 이번에는 달랐다. 항암치료와 방사선치료를 병행하면서 한 마디 불평도 하지 않았다. 음식을 삼킬 때마다 입이 써서 못 먹겠다던 투정이 사라진 대신 주어진 식사를 악착같이 비워낸 탓에 심한 배탈과 구토에 시달렸다. 나는 수십 번의 헛구역질 끝에 간신히 먹은 것을 게워내는 아내를 위해 세숫대야에 물을 담아와 입안을 헹궈 주곤 했다. 그래도 토사물이 묻은 아내의 얼굴을 씻기는 동안에는 어쩌면 하는 희망마저 꿈꾸었다. 그러나 늦은 밤, 링거를 꽂은 채 잠든 아내의 말라가는 팔다리와 부어오른 아랫배를 쓰다듬을 때면 아내에게 찾아드는 죽음의 그림자를 실감할 수밖에 없었다.

"손님."

기사가 룸미러를 통해 나를 바라보고 있다. 나는 정신을 차리고 지갑을 찾는다. 요금을 지불한 뒤 택시에서 내린다. 인도 위로 올라 몇 발짝 걸음을 떼다 수첩을 꺼내든다. 주소를 다시 한 번 확인하고는 주위를 둘러본다. 일단 도산공원에서 내리시면 주택가를 쉽게 찾으실 수 있을 거예요. 나는 부인의 말을 떠올린다. 애가 아무 것도 먹으려 들지 않아요. 자꾸 헛소리를 해대고 잠만 자려고 해요. 병원엘 가서 검사를 해봐도 딱히 이상한 증세가 있는 것도 아니고…… 그렇다고 딸아이를 정신과에 데려갈 순 없지 않겠어요? 그래서 선생님께 전화 드린 겁니다.

나는 큰길을 따라 걷다 우회전하여 공원의 정문이 있는 길로 접어든다. 정신과엔 데려갈 수 없지 않겠냐는 부인의 말이 자꾸 머릿속에서 메아리처럼 울려댄다. 나는 공원의 담을 따라 그대로 돌아 주택들이 밀집한 골목으로 들어선다. 수첩의 주소와 대문에 적힌 주소들을 번갈아 확인한다. 크고 작은 주택들이 몰려 있는 골목을 한참이나 돌아다닌 끝에 목적지를 찾아냈다. 정원이 들여다보이는 검은 대문 밖으로 붉은 장미들이 뻗어 나와 있는 이층집. 나는 문 앞에서 수첩을 접어 넣고는 한 차례 숨을 고른다.

조선 영조 때 학자 성호 이익의 귀신사관을 살펴보면 영의 실체에 대한 그의 생각을 어느 정도 알 수 있다. 그는 사람이 죽으면 귀신이 되고 오래되면 그것은 자연히 사라진다고 했다. 귀신은 사람의 사령으로서 사후 얼마간은 존재하지만 시간이 지나면 소멸해버리고 만다. 귀신이란 것은 사람과 같이 지각이 있고 사람이 하는 일은 무슨 일이든지 할 수 있다. 귀신은 원래 기(氣)이므로 목석조차 꿰뚫을 수 있고 문이 있거나 말거나 출입이 자유로우며, 물정을 잘 알고, 사람의 마음에 들어가 능히 그 사람의 생각을 알아낼 수 있다. 귀는 본래 사람을 현혹하는 일에 흥미를 가지고 있으므로 곧잘 예상외의 일을 행하여 사람을 속이는 일이 적지 않다. 귀는 음의 영이고 신은 양의 영이나, 서로 떨어질 수 없는 음양의 양기로 기가 생기면 반드시 음양은 상호 협력하여 나가지 않으면 안 된다. 귀와 신은 서로 상관하여 나아갈 때만이 비로소 하나의 형상을 이룰 수 있다.

이러한 음양의 유형에서 생각해 본다면, 양은 음을 기반으로 하여 발전하는 것이므로 신은 귀가 있음으로 해서 비로소 그 영능을 발휘할 수 있는 것이다. 천지간에 존재하는 만물 중 어느 하나라도 이 음양으로 말미암지 않은 것이 없다는 음양설에서 보면, 귀신은 음양의 소산이므로 물체가 있으면 그에 상응하여 나타나지 않을 수 없다. 다시 말해, 물체의 형질이 괴멸되었을 때 거기에서 유리되는 귀신이 반드시 나타날 수밖에 없다는 뜻이다. 그렇다면 귀신이란 사람들이 믿고 안 믿고를 떠나 현실계에 실재한다는 말인가.

늦은 저녁 9시, 일을 마치고 돌아온 나는 성호사설(星湖僿說)을 뒤적이다 테이블에 내려놓는다. 빚쟁이들에게 쫓겨 부랴부랴 집을 정리하며 챙긴 것이라곤 민속학과 관련한 강의 자료와 몇 십 권의 전공서들뿐이었다. 지친 몸으로 샤워를 끝내고 소파에 앉아 책을 펼쳐들었지만 도무지 집중할 수가 없다. 나는 꺼내놓은 책들을 도로 책장에 꽂아놓고 캔 맥주를 따 몇 모금 들이켠다. 식은 맥주를 삼키며 벗어놓은 재킷에서 봉투를 꺼낸다. 하얀색 규격봉투 안에 담긴 만 원짜리 지폐들을 바라보다 문득 그날의 일을 떠올린다.

꼭 만나고 싶은 사람은 바로 내 남편이에요

나를 처음 찾아온 날 여자는 승강기에 오르기 전 배웅 나온 내게 그렇게 말했다. 그녀는 무당의 말처럼 어린 고모를 받아들이지 않은 탓에 남편이 죽은 것이라고 했다. 아니, 사실은 자신이 남편을 죽인 거나 다름없다며 묘한 표정을 지어보였다. 여자는 무엇 때문에 죽은 남편을 만나려고 하는 걸까. 이런 저런 상념에 젖어 있는 동안 재킷에 넣어둔 휴대폰이 울린다. 나는 주머니를 뒤져 휴대폰을 꺼내든다. 낯선 번호를 확인하고는 잠시 망설이다 가만히 폴더를 연다.

　-왜 내 말을 듣지 않았지? 내 말이 그렇게 우습나?

　사내의 반말 섞인 목소리가 거리의 소음과 뒤섞여 불쑥 튀어 나온다. 내게 이상한 전화를 걸어왔던 사내가 분명하다. 나는 숨죽인 채 사내의 말에 귀를 기울인다.

　-그 여자한테서 당장 손 떼라고 했을 텐데. 안 그러면 당신이 위험해져.

　사내는 위압적인 말투로 내게 소리친다.

　-지금 협박하는 거요?

　나는 사내의 말에 목청을 높인다. 사내는 갑작스런 내 말에 놀랐는지 잠깐 멈칫하다 말을 잇는다.

　-당신이 내 아낼 탐내고 있단 걸 내가 모를 줄 알아?

　-뭔가 오헬 하고 있는 모양인데, 전화 잘못 걸었소

　-아직도 말귀를 못 알아듣나? 당신을 매일같이 찾아가는 그 여잔 내 아내라고 앞으론 절대 만날 생각 마. 내 말 명심해. 그렇지 않으면 무슨 일이 벌어질지 나도 몰라. 난 당신이 누군지 아주 잘 알고 있으니까 조심해야 될 걸.

　나는 보이지 않는 사내에게 버럭 소리치려다 여자의 남편은 죽은 지 오래라고 그녀는 단지 수련생일 뿐이라고 당신이 상관할 바가 아니라고 냉정히 대꾸한다. 그러나 이미 전화는 끊긴 상태다. 나는 재빨리 통화버튼을 눌러보지만 이번에도 착신이 불가능한 번호라는 음성메시지가 흘러나온다. 나는 두 번씩이나 협박전화를 건 이 사내를 신고할까 생각하다 그만 두기로 한다. 그만한 일로 소란을 피우게 되면 자칫 일이 커질 우려가 있다. 나는 소파에 몸을 묻고 사내의 말을 되새김질하다 문득 아내를 떠올린다. 당신 나 몰래 바람 피우는 건 아니죠? 아내는 내가 식사를 하러 나가거나 담배를 피우러 잠시 자리를 비울 때면 불안한 얼굴로 물었다. 6개월밖에 남지 않은 아내의 삶을 위해 모든 걸 접고 그녀의 곁에 남아 수족처럼 생활한 지 석 달이 지났는데도 그녀는 화를 넘어 허탈을 가져오는 말을 내뱉곤 했다. 몇 차례에 걸친 큰 수술과 2년 동안의 입원비를 충당하기 위해 갖은 애를 다 써보았지만 남겨진 것은 감당할 수 없을 만큼 쌓여버린 빚뿐임을 죽은 아내는 알고 있을까.

다음 날 오후 1시. 여자는 칸막이 앞에 앉아 벽을 응시하고 있다. 칸막이 뒤편에 세워 놓은 인형의 형태를 짐작하고 있는 중이다. 오늘은 웬일인지 늘 오던 아침 시간을 피해 왔다. 여자는 전원을 꺼놓은 채 아무 연락이 없다 점심때가 되어서야 불쑥 나타났다. 나는 무슨 일이 있었냐고 물으려다 잠자코 안으로 맞아들였다.

"잘 모르겠어요. 떠오르질 않아요."

여자는 머리칼을 쓸어 올리며 내 쪽을 쳐다본다. 칸막이 저편에 사람을 앉혀 두고서 정좌하여 칸막이벽을 보라. 보려고 애를 쓰면 보이지 않고 보지 않으려고 하면 더 잘 보인다. 이것이 영을 보는 투시의 첫걸음이다. 상대가 안 보이는 상태에서 상대를 보기 위해 집중을 하다보면 오히려 상대가 가진 인연령의 정체가 나타난다.

"물체를 보려하지 말고 칸막이 너머 공간을 상상해 보세요."

나는 팔짱을 끼고 서서 여자를 내려다본다. 사실 여자에게 가장 시급한 일은 남편을 만나는 일보다 자신을 괴롭히는 실체를 제거하는 데 있다. 그러기 위해서는 보다 쉽고 직접적인 방법을 권해야 한다. 책을 펼쳐 놓고서 눈의 초점을 문단 사이에 맞추고 가만히 살펴보라. 작은 활자 보단 큰 제목 사이의 틈을 3분 정도 응시하고 있으면 문단 사이에 자기를 괴롭히는 귀신의 모습이 드러난다. 물론 이러한 방법은 매우 위험할 수 있다. 그러나 자신을 괴롭히는 무언가가 있다고 믿는 자들의 직접적인 문제 해결은 그들의 무의식에 존재하는 그것을 어떻게든 밖으로 끄집어내 제거하는 수밖에 없다.

"무슨 생각을 그리 하세요?"

여자는 자세를 풀고 나를 올려다보고 있다. 나는 머뭇대다 가볍게 고개를 젓는다.

"궁금한 게 있어요."

여자는 다시 칸막이를 바라보며 내게 묻는다.

"혼자 되셨다고 했죠? 사별한 아내가 보고 싶지 않나요?"

나는 대답 없이 여자의 곁에 나란히 앉아 칸막이를 바라본다.

"왜 사랑하는 사람을 불러내 함께 하지 않는 거죠?"

나는 여자의 물음에 침묵한다. 사실 영의 문제란 현실의 억압이 무의식을 통해 발현되는 것이라는 생각에 변함이 없기 때문이다. 아니, 무의식이 작용할 틈도 없이 지독히 고통스런 현실이 숨 쉴 수 없이 옥죄여온다면 얘기가 달라질 수 있을까. 어젯밤에 어디 갔었어? 아내는 내가 잠깐이나마 자리를 비웠다 돌아오면 나를 뚫어질 듯 쳐다보며 차가운 미소를 흘렸다. 내가 잠든 줄 알고 나간 모양인데 어림없지. 누굴 속일 작정이야? 아내는 몸을 가눌 기력조차 없는데도 눈물을 흘리며 고함을 쳐댔다. 내가 곧 죽는다니까, 벌써부터 간통질이야! 심지언 내게 간단한 지침을 건네는 간호사에게까지 입에 담지 못할 말을 퍼부었다. 개 같은 년, 지금 뭐하는 거야! 나는 변해가는 아내를 지켜보면서 인내를 발휘해 달래주었지만, 마음 한편으로는 그녀에게 주어진 마지막 시간이 조금이라도 서둘러 오길 바랐다.

"진희 씬 무슨 이유로 남편을 만나려는 거죠?"

나는 낯선 사내와의 통화를 떠올리며 여자에게 반문한다.

"영혼결혼식을 할 거에요"

"영혼결혼식? 진희 씬 죽은 남편과 결혼한 사이가 아니었습니까?"

"네, 아니었어요. 우린 동거만 했을 뿐, 식을 올리진 않았어요"

여자의 목소리가 갑자기 냉랭해진다.

"사실, 수행을 지속한다면 다른 일이 벌어질지도 모릅니다. 남편을 만나는 일 외에 원치 않은 것을 보게 될지도 몰라요"

"왜 이제 와서 그런 말을 하는 거죠?"

여자는 고개를 돌리고 칸막이 저편을 바라본다.

"아무리 생각해봐도 진희 씨한텐 무리예요. 이런 수행은 너무 위험합니다."

내 말이 끝나기 무섭게 여자가 벌떡 일어선다.

"그럼 왜 날 지금까지 받아준 거죠? 돈 때문인가요?"

여자는 나를 내려다보며 차가운 어조로 묻는다. 나는 잠시 고민하다 어렵게 입을 연다.

"진희 씰 잘 알고 있다는 사람한테서 전화가 왔습니다. 내게 협박을 하더군요. 자기 아낼 넘봐선 안 된다고."

나는 고개를 들어 여자를 쳐다본다. 여자의 얼굴이 순식간에 어두워진다. 나는 자리에서 일어나 여자의 눈을 정면으로 응시한다. 여자는 무슨 말인가 하려다 입을 다문 채 서둘러 가방을 챙겨든다. 수행복 차림으로 현관 앞에 선 여자는 머뭇대다 그대로 문을 열고 나가버린다. 텅 빈 실내에 혼자 남겨진 나는 칸막이 앞에 털썩 주저앉는다. 보일 리 없는 저편의 인형을 바라보려고 애쓰지만 소용없다. 아내의 건강했던 모습을 떠올리는 것만큼이나 어려운 일이다. 나는 아내가 죽자 빚쟁이들의 집요한 추적을 피해 도망 다녀야했다. 몸도 마음도 지친 어느 날 밤, 여관방에 틀어박혀 빈속에 소주를 진탕 퍼붓고는 무작정 밖으로 뛰쳐나와 택시를 탔다. 어둠을 틈타 내가 도착한 곳은 아내가 묻힌 공동묘지였다. 나는 혼미한 정신으로 아내의 무덤을 찾아내 굴을 파기 시작했다. 미친 듯이 파헤치고는 들어가 누울 자리를 마련했다. 습기를 먹은 흙냄새가 훅 끼쳐들었지만 아내의 관을 확인하자 알 수 없는 편안함에 빠져 들었다. 차가운 흙바닥에 누워 목관을 더듬으며 그 속에 누워 있을 아내를 떠올리자 이상하게 마음이 평온했다. 그 뒤부터 나는 어둠이 깔린 새벽이면 무덤 속에 들어가 아내와 함께 잠을 잤다. 관 밖으로 흘러나오는 그녀의 썩어가는 육신의 냄새를 견디지 못해 그곳을 빠져나오기 전까지는.

여자는 눈을 감은 채 단전에 두 손을 모으고 있다. 온몸에 천을 두르고 앉아 있는 여자의 젖가슴이 살짝 드러나 보인다. 조심스럽게 다가가 목덜미와 쇄골을 어루만진다. 여자는 내 손길이 닿는데도 꿈적하지 않는다. 나는 여자의 몸에 감긴 하얀 천을 벗겨낸다. 풀고 또 풀고 아무리 풀어보지만 여자의 알몸은 좀체 드러나지 않는다. 나는 계속해서 벗겨내다 제풀에 지쳐 그만 주저앉고 만다.

"무슨 생각을 그렇게 하세요?"
여자가 냉장고에서 와인을 고르며 내 쪽을 바라본다. 나는 여자의 우아한 자태를 훔쳐보다 잠깐 낮에 꾸었던 꿈을 떠올렸다. 여자가 옷도 갈아입지 않고 나가버린 뒤 나는 소파에 모로 누워 눈을 감고 있다 깊은 잠에 빠졌었다.

"아니요. 아무 것도"

나는 여자에게서 황급히 눈을 돌린다. 꿈속에서 두루마리 휴지를 풀어내듯 여자의 몸에 감긴 질긴 천을 벗겨내다 지쳐 정신이 돌아올 무렵 두 통의 전화를 받았다. 먼저 걸려온 전화는 여자의 것이었다. 여자는 오늘 저녁 자신의 집으로 와달라고 했다. 나는 이유를 물으려다 그러겠노라고 하고 전화를 끊었다. 샤워를 하기 위해 화장실로 들어가려는데 또 한 통의 전화가 왔다. 그것은 사내에게서 걸려온 것이었다. 사내는 뭐라고 지껄여댔지만, 주변의 시끄러운 잡음 때문에 좀체 알아들을 수 없었다. 나는 대거리를 하려다 배터리를 빼버렸다. 오늘 저녁 여자를 찾아가면 사내의 정체를 꼭 밝혀내리라 직심하면서.

"어찌됐든 선생님께선 이런 일을 하고 있으니까 말하겠어요."

여자는 와인을 수건에 감싸 자리로 돌아와 앉는다. 나는 입안이 깔깔하고 식욕이 없는 탓에 여자가 만들어준 스파게티를 한쪽으로 치우고 잔을 집어 든다.

"사실 내가 만나야 할 사람은 남편이 아니라 따로 있어요."

여자는 코르크 마개를 따고 내게 와인을 따라준다. 나는 여자의 불룩한 젖가슴 위로 드러난 빗장뼈를 잠시 바라본다. 여자는 자신의 잔에 술을 따른 뒤 건배를 하곤 천천히 와인을 비워낸다. 여자의 붉은 입술이 옴찔거리는 것을 보자 심한 갈증이 느껴진다. 나는 투명한 잔에 채워진 자줏빛 포도주를 벌컥벌컥 들이켠다.

"남편과 특별히 문제가 있던 건 아니었어요. 그이가 의심이 좀 지나치긴 했지만, 그 사람이 나타나기 전까진 그런대로 괜찮았죠."

여자는 내 잔에 술을 채우며 말한다. 나는 와인을 받아 여자의 잔에 따르며 금세 발그레해진 두 뺨을 힐끔거린다. 여자는 또 다시 건배를 하고 쭉 들이켠다. 그리고는 자신의 빈 잔에 술을 반쯤 채워 넣은 뒤 무거운 표정으로 입을 연다.

"사랑하는 사람이 있었어요. 남편이 아닌……."

여자는 가쁜 숨을 몰아쉬며 내 눈을 바라본다. 나는 여자의 눈길을 피해 잔을 비운다. 여자는 또 다시 빈 잔에 술을 채우고 잠시 뜸을 들이다 이야기를 꺼낸다.

"그 사람은 십여 년 만에 다시 만난 내 첫 사랑이었어요. 우린 서로를 알아본 순간 헤어질 수 없다는 직감에 사로잡혔죠. 그래서 은밀한 연애를 시작했어요. 남편 몰래 시작한 일이지만 어떤 죄책감도 들지 않았죠. 그 사람을 위해서라면 남편은 어떻게 되든 상관없다고 생각했어요. 출장 간 남편이 차가 전복되어 중태라는 소식을 들었을 때도 내심 죽어주길 바랐으니까요."

여자는 와인을 들어 내 잔에 따라준다. 어느새 한 병의 와인이 바닥났다. 여자는 빈병을 흔들어 보이더니 냉장고로 가 또 한 병의 와인을 꺼내온다. 나는 붉게 달아오른 여자의 얼굴을 보며 야릇한 감정을 느낀다.

"근데, 바람대로 남편이 죽었는데 기뻐할 수가 없더군요."

"그게 무슨 뜻이죠?"

나는 마개를 빼내고 여자의 잔에 술을 따른다. 여자는 단숨에 비워낸 뒤 잔을 내려놓는다. 그리고는 몽롱한 눈빛으로 테이블의 한쪽 귀퉁이를 응시한다.

"내 삶도 거기서 끝이었어요."

"끝이라니요?"

"남편이 죽고 일주일 만에 그 사람도 죽었어요. 거짓말처럼."

여자는 빈 잔을 흔들며 묘한 웃음을 지어 보인다. 나는 물끄러미 여자를 바라본다.

"관상동맥 이상(異狀). 그게 경찰이 전해준 사인이었어요. 하지만 난 믿지 않아요. 그를 만나면 묻고 싶어요. 정말, 왜 그랬는지 꼭 묻고 싶어요. 자살한 영혼은 볼 수 없는 건가요?"

여자는 초점이 풀린 눈으로 나를 바라본다. 나는 숨을 쉴 수 없을 정도로 심장이 요동치기 시작한다. 여자는 술잔을 한쪽으로 밀어놓고 자리에서 일어난다. 화장실 쪽으로 몇 걸음 떼어놓다 휘청하고 바닥으로 쓰러진다.

"괜찮아요?"

나는 여자에게 달려가 어깨를 감싸 안는다. 여자의 겨드랑이에 팔을 넣고 안아 일으키려 해보지만 뜻대로 되지 않는다. 나 역시 몸을 가누기 힘들다. 여자는 나를 밀쳐내고는 일어나려다 도로 주저앉는다. 여자의 하얀 목덜미와 골이 진 가슴이 눈에 들어온다. 나는 여자를 부축하는 대신 상체를 잡아 바닥에 눕힌다. 여자는 눈을 감은 채 아무 움직임이 없다. 나는 망설이다 블라우스의 단추를 풀어낸다. 여자의 하얀 젖가슴을 움켜쥐고 재빨리 스커트를 허벅지까지 걷어 올린다. 그제야 여자는 깜짝 놀라 눈을 뜬다. 나는 여자의 저항에도 아랑곳없이 막무가내로 몸을 더듬는다. 여자는 내 손을 뿌리치며 고개를 마구 흔들어댄다. 그러나 이미 불같이 솟아오른 내 감정을 막을 수 없음을 깨달았는지 모든 것을 체념한 듯 온몸의 힘을 푼다.

"약속해주세요. 그 사람 만나서 결혼식을 올릴 수 있도록."

나는 대답 대신 여자의 헝클어진 머리를 쓸어 넘긴다. 여자는 고개를 외로 튼 채 눈을 감는다. 욕정에 사로잡힌 나는 굶주린 아귀처럼 입을 벌려 여자의 희부연 알몸을 미친 듯이 집어삼킨다. 일을 끝내고 난 뒤 여자에게서 떨어져 나간 내 몸은 그대로 바닥에 누워 숨을 헐떡거린다. 여자는 눈물을 훔치고는 천장을 바라본 채 낮은 목소리로 중얼댄다.

"날 만나는 남자들은 모두 불행해질 거란 말이 머릿속을 떠나질 않아요. 그 말이 맞을지도 모른단 생각을 하면 정말 두려워요"

여린 햇살이 블라인드의 틈새를 통과해 침대까지 세어들고 있다. 나는 실눈을 뜬 채 창가 쪽을 바라보다 천천히 몸을 일으킨다. 여자는 보이지 않는다. 어젯밤 찬 바닥에 누워 정사를 벌인 일까진 기억나지만 다음 일은 전혀 떠오르지 않는다. 그러고 보니, 아내와 마지막으로 함께 했던 잠자리가 언제였던가. 고개를 털고 시계를 찾아 주위를 둘러본다. 사방 어디에도 시간을 알려주는 물건은 보이지 않는다. 한쪽 벽엔 시원한 바다 위를 가르는 요트 그림이 걸려 있고 맞은편에 있는 화장대엔 화장품들이 깔끔하게 정돈되어 있을 뿐이다. 여자의 이름을 나직이 불러본다. 내 목소리의 울림 끝에 삭막한 정적이 묻어난다. 갈증이 난다. 주방으로 가 냉장고를 연다. 랩에 싸인 과일들과 탄산음료 외에 마실 물은 보이지 않는다. 나는 문을 닫고 돌아선다. 식탁 위엔 먹다 남은 스파게티 접시가 한쪽으로 치워져 있고 술이 반쯤 담긴 잔과 빈 와인 병이 어질러져 있다. 벗어 놓은 옷가지를 뒤적거려 휴대폰을 꺼내든다. 여자에게 전화를 건다. 신호음이 울리지만 받지 않는다. 몇 통째 전화를 걸며 실내를 서성인다. 신호음은 계속해서 자동응답메시지로 넘어간다. 나는 한쪽 손바닥으로 얼굴을 벅벅 문지르다 문득 어젯밤 여자에게 사내의 정체를 묻는다는 걸 잊은 사실을 떠올린다. 휴대폰의 폴더를 열고 수신된 번호를 확인한다. 낯선 번호를 가려내어 통화버튼을 누른다. 가만히 귀를 기울인다. 지금 거신 전화는 없는 번호입니다. 다시 확인하시고…… 나는 폴더를 닫아버린다. 바닥에 널브러진 옷들을 하나씩 주워 입고는 화장대 위에 놓인 커다란 거울 앞으로 간다. 거무스름한 피부에 표정 없는 얼굴의 내가 나를 빤히 쳐다보고 있다. 나는 거울 저편의 무언가를 보려고 애쓰다 피식 웃음을 흘린다. 저 거울 속의 남자는 누구일까. 저 남자는 지금 자신의 삶이 온전히 자기 것이라고 믿고 있는 걸까. 어디선가 고약한 냄새가 스멀스멀 밀려온다. 나는 코를 벌름거리며 화장실 쪽으로 몇 발짝 걸음을 뗀다. 냄새가 점점 짙어지는 게 심상치 않다. 무슨 악취가 이리도 고약한 걸까. 나는 걸음을 멈춘다. 불현듯 무덤 안의 관 속에서 썩어갔을 아내의 육체가 떠오른다. 내 아내의 몸에서 나는 것이라고는 믿을 수 없을 정도로 뭐라고 형용할 수 없을 만큼 역겹던 냄새. 그 냄새가 지금 화장실로부터 흘러나와 내 콧속을 후벼들고 있다. 이게 어찌된 일일까. 혹시 아내로 인해 남겨진 극복할 수 없는 이 현실의 심리적 무게가 서서히 나를 압박해 오는 것은 아닐까. 저 문을 열면 모든 게 밝혀질 것이다. 나는 있는 힘껏 두 다리에 힘을 주고 화장실 쪽으로 걸음을 떼기 시작한다. 한 발, 한 발, 힘겹게 발을 내딛으며 속으로 다짐한다. 냉정해지자. 냉정해져야 한다. 내가 살아내야 할 이곳은 다름 아닌 현실이니까.

환상살인

환상살인

하얀 시트 위에 여동생이 누워 있다. 긴 머리칼을 늘어뜨린 채 두 눈을 감고 있다. 숨을 쉴 때마다 입가에 씌워진 산소 호흡기에 성에 같은 입김이 서렸다 사라진다. 누군가 조용히 문을 열고 들어온다. 검은 그림자는 동생의 머리맡에 멈춰 서서 머리칼을 쓰다듬는다. 떨리는 손으로 목덜미를 어루만지다 호흡기로 가져간다. 동생은 숨을 헐떡인다. 목울대가 울렁이며 가슴이 들썩이지만 잠깐이다. 이내 고통스런 표정도 없이 예전의 평온한 모습으로 되돌아간다. 검은 그림자는 오랫동안 그 자리에 선 채 움직임이 없다.

몸부림 끝에 아득한 잠에서 깨어났다. 보조 의자에 기대 잠깐 잠이 든 모양이다. 벌써 며칠째 반복되는 꿈. 나는 식은땀을 닦아내며 자리에서 일어났다. 침대 위에 누워 있는 동생은 여전히 힘겨운 호흡을 거듭하고 있다. 나는 동생의 창백한 안색을 바라보다 병실 문을 열고 힘없이 밖으로 나왔다. 어두운 복도 한쪽에 놓여 있는 플라스틱 의자에 앉아 막힌 숨을 골랐다. 그러나 숨통은 좀체 트이지 않았다. 바깥 공기라도 쐬기 위해 일층 로비로 내려갔다. 병원을 빠져나와 무작정 걷기 시작했지만 어디로 가야 할지 마땅히 떠오르지 않았다. 그저 발길 닿는 대로 내 몸을 맡기는 수밖에…….

습한 강바람이 불어왔다. 한동안 나는 난간에 몸을 의지한 채 다리 밑의 검은 강물을 내려다보고 있었다. 그곳에서는 흐릿한 울림이 들려왔다. 나는 난간 사이로 머리를 내밀어 가만히 귀를 기울였다. 그러나 소리의 정체를 헤아리기도 전에 뜻하지 않은 방해를 받았다.

"이거, 자살하기엔 너무 더운 날씨 아닌가?"

한 사내가 뜬금없이 말을 걸어왔다. 나는 난간에서 몸을 떼어내며 사내의 얼굴을 힐끗 쳐다봤다. 사내는 붉게 충혈이 된 눈으로 내쪽을 바라보고 있었다. 나는 자리에서 일어나 서둘러 걷기 시작했다.

"아, 알 것 같군."

사내가 성급하게 따라붙으며 말했다.

"이해하지, 조금은. 당신이 왜 이런 곳을 배회하는지 말이야."

이해한다고? 이 무더운 여름날 밤, 다리 위를 배회하는 나를 이해할 수 있다고? 내가 왜 난간에 기대어 강물을 내려다보고 있었는지,

무엇 때문에 이곳까지 오게 되었는지, 이 사내가 어찌 알 수 있을까?

"오늘이 무슨 날인지 기억하겠지? 내 동생이 죽은 날인데. 그 앤 죽음으로써 자기가 믿던 종교 속의 주인공이 돼버렸어."

사내는 내 뒤를 바짝 따라붙으며 반말로 알 수 없는 말을 지껄였다. 나는 이상한 사내에게 틈을 주지 않기 위해 걸음을 재촉했다. 그러자 사내도 보폭을 늘려 잡으며 내 옆으로 바짝 다가와 이번에는 격앙된 목소리로 떠들었다.

"나는 카인이야. 내가 살인자라면 믿겠나? 젠장, 나 때문에 그 애가 죽었으니 마땅히 살인자 대접을 받아야지. 근데 카인의 일생이 너무 불쌍하지 않나? 자살할 수도 없으니. 그 신이 뭐라고 했던가? 혹시 너를 죽이려는 자가 있다면 그에게 일곱 배나 무거운 벌을 내리겠다? 이런 제기랄."

사내는 걷고 있는 동안 난간 사이로 무엇인가 흘리고 있었다. 검은 비닐봉지에서 떨어지는 회백색의 가루가 흩날리며 가로등 불빛을 받고 발갛게 빛을 내뿜었다. 사내는 계속해서 강물 위로 가루를 흩뿌리며 흐느끼듯 중얼거렸다.

"이젠 더 이상 울지 않겠지."

나는 순간 걸음을 멈췄다. 그러자 사내도 발길을 멈췄다. 나는 몸을 돌려 강물을 내려다보고 있는 사내의 얼굴을 정면으로 쳐다봤다. 날카로운 콧날, 불거진 광대뼈에 움푹 파인 볼이 검붉게 그늘져 있었다.

"이제 됐어. 더 이상 강물의 흐느낌 따윈 없을 테니까."

사내는 손을 털며 혼잣말을 했다. 그리고는 주머니를 뒤져 무언가를 꺼내 잠시 살피더니, 이내 그것을 일렁이는 강물을 향해 힘껏 던졌다. 납작하게 각이 진 그 물체는 길게 포물선을 그리며 어두운 강물 속으로 사라졌다.

"난 이따금씩 이곳을 지나곤 하지. 뭐, 딱히 이유가 있어서 그런 건 아니고."

사내는 천천히 걸음을 떼며 말했다.

"잠깐, 아니지. 군이 이곳을 지난단 말은 아니야. 어둠과 강이 있는 곳이라면 어디든지 갈 수 있단 말이지."

"……."

"내 말 이해되겠지? 어차피 당신이나 나나 다 같은 처지니까."

"……."

사내는 나를 보며 묘한 웃음을 흘렸다. 나는 사내와 초면이었다. 그런데도 그는 어떻게 내 처지를 다 안다는 듯 말할 수 있을까? 나는 그런 사내에게 따지듯 물으려다 그만 잠자코 걸음을 옮겼다. 차라리 침묵을 지키는 편이 나을 성싶었다. 그때 사내가 불쑥 물었다.

"혹시, 죽음에 대해 생각해 본 적 있나? 살인 아니면 자살까지, 물론 진지하게 말이야."

"없다면 거짓말이 될 테죠."

나는 나도 모르게 사내의 말에 걸려들고 말았다.

"아마도 자살?"

사내는 집요한 눈초리로 되물었다. 나는 말없이 어리둥절한 표정을 지었다. 그러자 사내의 음성이 낮고 단호해졌다.

"신도 죽음을 두려워한다고 생각하나? 그건 아니지. 오직 인간만이 죽을 수 있기에 우리들은 죽음을 두려워하는 것이야. 그래서 이렇게 당신이나 나나 죽지 못하고 이 더러운 세상을 배회하고 있는 게 아니겠어? 하지만 들어보라고. 우리에겐 죽음을 선택할 자유가 있어. 그것은 우리 인간이 지닌 최후의 보루인 셈이지. 인간의 성질이 원래 어떻게 만들어져 있든지 간에 남들처럼 당신 역시 죽지 않을 수 없는 것이고, 아무리 품행이 나쁘고 신을 모독하는 일을 해온 사람이라고 해도 역시 죽는다는 건 확실한 거니까. 그러니 생각해 봐. 자연이 우리에게 부여하는 온갖 선물 중에서 적절한 시기에 죽는 것보다 더 좋은 일이 어디 또 있겠는지. 안 그런가?"

사내는 동의를 구한다는 눈빛으로 나를 바라봤다. 나는 아무 대꾸도 하지 않았다. 사내는 잠시 숨을 돌리고 난 뒤 아랑곳없이 다시 주절거렸다.

"신이라고 해도 결코 전능하다고 할 순 없는 거야. 왠지 아나? 신은 설사 스스로 죽기를 바란다고 하더라도 그 짓을 할 수 없기 때문이지. 흡흡, 우습지 않아? 하지만 우리 같은 인간에겐 그것이 가능하단 말이야. 죽음의 시기를 우리 스스로 조절할 수 있다는 것이,

그것이 정말 놀랍게도 가능하단 말이야."

"……."

"내 말은 자살이 유익할 수도 있다는 얘기야."

자살? 유익한 죽음이라 부를 수 있는 자살? 그런 자살이 존재할 수 있을까?

그날 밤도 잠을 이룰 수 없을 만큼 무더웠다. 나는 땀으로 젖은 러닝셔츠가 끈적거려 참을 수가 없어 방을 나왔다. 부엌에서 냉장고 문을 열어 찬물을 꺼내 마시고 나오다 무심코 거실 밖 베란다에 나가 있는 여동생을 발견했다. 그 애는 잠옷 바람으로 난간에 매달려 1층 화단을 굽어보고 있었다. 그 자세가 어찌나 위태로워 보였던지 내 발길이 그 쪽으로 절로 옮겨졌다. 드르륵. 문이 열리는 소리가 나자 동생은 난간에서 몸을 떼어내며 놀란 눈으로 내 쪽을 돌아봤다. 어슴푸레한 어둠 속에 보이는 납빛처럼 창백한 얼굴은 어딘지 모르게 근심이 어려 있는 듯했다. 아마도 오랜 가출 때문이었는지도 모른다.

"이제 아주 들어온 거야?"

나는 조심스레 물었다. 동생은 아무 말 없이 내 시선을 피해 비스듬히 고개를 떨구었다. 어디선가 더운 바람이 베란다로 불어와 우리의 몸을 훑고 지나갔다. 얼마간 침묵이 흘렀다.

"아직도 그게 내 탓이라고 생각하니?"

나는 마른 침을 삼키며 어렵게 입을 뗐다. 혹시 나를 원망하고 있는 건 아닐까 하는 자책 때문에 의도하지 않은 말이 나왔다. 그러나 동생은 아무 대꾸 없이 잠옷에 달린 단추만 만지작대고 있었다.

사실 동생이 집을 나간 건 내 탓이었는지 모른다. 그 무렵 나는 친구들과 어울려 몰래 아버지의 장롱 위에 숨겨진 베타 테이프를 꺼내 보곤 했다. 영화에 등장한 일본 여배우는 알몸으로 세 명의 남자와 정사를 벌였는데, 매우 관능적이어서 오랫동안 내 뇌리에 남아 있었다. 친구들은 그 영화를 떠올릴 때마다 여배우와 내 동생이 닮았다고 놀려댔다. 나는 그 사실이 무척 창피했다. 안 그래도 동생을 둘러싸고 안 좋은 소문이 무성할 때였으므로 그 애만 보면 여배우의 노골적인 정사장면이 떠올라 무작정 화가 치밀었다. 그래서 나는 소문의 진위를 헤아리지도 않고 동생이 학원 강사와 몰래 만난다는 얘기를 부모님께 일러바쳤다. 평소 의심이 많은 아버지는 동생이 들어오자마자 앞뒤 정황도 살피지 않고 머리채를 잡아 닥치는 대로 후려갈겼다. 어머니는 장롱을 열고 교복을 제외한 모든 외출복을 꺼내 가위질했다. 머리를 산발한 채 새파랗게 멍든 얼굴로 나를 흘겨보던 동생은 이튿날 집을 나갔다.

동생이 가출한 뒤 여러 소문이 떠돌았다. 그 학원 강사와 같이 살고 있다는 말이 들리기도 했고 화장을 짙게 하고 술집에 나간다는 말도 있었다. 아무튼 그렇게 뜬소문이 들려온 지 몇 개월, 그 애는 홀연 집으로 돌아온 것이었다.

"그 옷은 뭐야?"

나는 동생이 입고 있는 잠옷을 바라봤다. 가슴 부근에 제법 큰 사각 모양의 단추가 여러 개 달린 무릎까지 오는 원피스였다. 그 애는 단추가 떨어져 나간 자리에 삐쳐 나온 실밥을 뜯어내고 있었다.

"어디서 난 거야?"

나는 재차 물었다.

그러나 동생은 좀처럼 입을 열지 않았다. 단지 흘러내린 머리칼을 쓸어 넘기며 쓸쓸하다 못해 스산한 얼굴로 난간 아래를 내려다볼 뿐이었다.

"죽음은 어찌 보면 우리에게 너무나 필요한 최후의 피난처인 셈이지."

사내가 확신에 찬 표정을 지으며 말했다.

"피난처가 안식처란 말인가요?"

잠깐 생각에 잠겨 있던 나는 뒤늦게 반문했다.

"그건 아니지."

사내는 뭘 모른다는 듯 나를 바라봤다.

"아무튼 들어보라고. 피난처든 안식처든 그게 필요해서 지금 당신이 이곳에 온 게 아닌가? 흠, 당신은 삶의 공포를 넘어 설 수 있다고 생각하나 본데……."

"난 그래서 온 게 아닙니다."

"그럼, 밀려오는 삶의 무게가 견딜 수 없이 힘들어서? 반복되는 단조로운 일상이 너무나 조락해서? 아니면 그도 저도 알 수 없는 불안과 답답함이 늘 당신 주위를 맴돌며 떠나질 않기 때문에?"

"그런 게 아니라고요!"

내 목청이 높아졌다.

"내가 보기엔 당신은 최후의 피난처를 찾기 위해 이곳에 온 거야."

사내는 긴 한숨을 내쉬고는 다시 말을 이었다.

"하지만 막상 이 강물 위에 서게 되면 삶의 공포가 죽음의 공포를 이기지 못해 망설이며 주저하게 되고, 단지 어두운 강물 저 밑바닥에 숨어 있는 죽음을 부러워할 뿐이고, 심지언 비굴하게 자살한 사람의 용기에 일종의 찬양하는 마음마저 들지도 모르는 일일 테지. 물론 당신은 아니라고 하겠지만."

나는 아무 대답도 하지 않았다. 사내도 더 이상 입을 열지 않았다. 우리는 단지 어색한 가운데 다리 위를 걷고 있었다. 적막 속에 가로등의 희미한 불빛이 어슴푸레 사위를 밝히고 있었다. 나는 될 수 있는 한 사내한테서 멀리 떨어지기 위해 차도 쪽으로 몸을 빼고 잰걸음을 쳤다. 그때 짐을 잔뜩 실은 트럭 한 대가 경적을 울려대며 쏜살같이 내 쪽으로 달려와 지나쳤다.

"죽으려고 작정했어?"

사내가 재빨리 달려와 내 팔을 낚아채며 외쳤다. 나는 예기치 못한 위험한 상황보다 사내가 취한 행동에 놀라 그를 물끄러미 바라봤다.

"그런 식으로 끝내선 안 되지."

사내는 매서운 눈초리로 나를 노려봤다. 도대체 이 사내의 정체
는 뭘까. 그가 내게 이러는 이유는 무엇 때문일까. 나는 그 저의가
의심스러웠지만 내색하지 않고 걸음을 뗐다. 그 편이 이 사내에게
취할 수 있는 최선의 방안일지도 모른다는 생각이 들었기 때문이다.
나는 그에게서 시선을 뗀 채 서둘러 걷기 시작했다. 성이 난 사내는
내 뒤를 따르며 한참동안 뭐라고 소리쳤지만 제풀에 지쳤는지 이내
입을 다물었다. 다시 침묵이 흘렀다. 연이어 지나치는 자동차의 경
적소리가 허공 속으로 길게 늘어졌다. 사내와 나는 말없이 가로등
을 지나치고 있었다. 그중 불 꺼진 열한 번째 가로등을 지나치려던
순간 그는 내게 바짝 다가들며 은근한 표정으로 물었다.

"살인을 해본 기억이 있나?"

"살인이라니요?"

나는 사내의 엉뚱한 질문에 눈이 둥글해졌다.

"왜 그래?"

사내는 아차 싶은 표정을 지었다.

"아, 아, 미안하게 됐군. 조금 설명이 필요하지. 음, 살인은 자살
에 대한 서툰 실험과도 같다고 할 수 있지. 다시 말해 자신을 죽이
려는 서툰 실험이 자신을 향한 살인을 저지를 수도 있다는 얘긴데."

"자살을 기도해 본 일이 있냐는 말입니까?"

"오, 이해가 빠르군. 하지만 내가 하고픈 말은 그게 아니야."

"그럼?"

"자살에 대한 느낌이지."

사내는 퀭한 눈을 굴리며 무엇인가 골몰해하다 조심스레 말을 꺼냈다.

"말하자면 일종의 서툰 실험을 통한 결과 말이야. 살인한 후에 느낌이, 그러니까 자살이, 뭐랄까, 아마도 간절히 바라던 누군가와 정사를 치른 후에 느끼는 그것과 같다고나 할까. 아, 아무튼 그것은 현실 속에 실재하는 느낌들이야. 음, 확신할 순 없지만 그것들 사이엔 분명히 일치된 무언가가 존재해. 그건 사실이야. 왜냐하면 그 이유는, 그러니까……."

나는 사내의 두서없는 장광설을 듣고 있는 동안 약간 어지럼증을 느꼈다.

"정사를 이해한다는 게 살인을?"

나는 중얼거리며 동조했다.

"그렇군요. 같은 의미일 수도 있겠군요. 이해할 거 같기도 합니다. 실은 나도 그 비슷한 경험을 한 적이 있으니까 말입니다."

"하하. 그런가?"

사내가 기쁘다는 표정으로 되물었다.

"물론 다를 수도 있겠지만요."

나는 흐릿했던 의식 속에서 서서히 깨어나면서 자신이 없어졌다.

"괜찮아. 어서 얘기해 봐."

사내가 재촉했다.

"저…… 꿈 말입니다."

"꿈이라?"

"네, 꿈에 관한 얘깁니다."

나는 잠시 망설이다 용기를 내서 말했다.

"평소에 난 불을 켠 채로 잠드는 습관이 있습니다. 하지만 한번은 불을 켜지 않고 잠든 적이 있었어요. 아마 이른 저녁부터 잠이 들었던 모양입니다. 근데 그게 화근이었습니다."

"무슨 악몽이라도 꾸었나?"

"그렇게 물으니 악몽인 것도 같습니다만……. 아무튼 난 꿈속에서 벌거벗은 채로 부드러운 침대 위에 누워 있었습니다. 그리고 얼굴을 알 수 없는, 아니 기억할 수 없는 한 여인에게 내 사타구니를 맡기고 있었지요. 그 여인은 욕정의 숨을 내뿜으며 내 온몸을 훑고 있었습니다. 그러더니 아주 천천히 내 물건을 물고 놓아주질 않았습니다. 나는 급소를 물린 채 계속해서 그녀의 검은 입속으로 감겨들어야 했지요. 물론 몸부림을 쳐봤지만 소용없었습니다. 오히려 이상스럽게도 저항하면 할수록 내 감정은 포만한 절정으로 치닫는 것이었습니다. 결국 나는 최후의 몸부림 끝에야 그녀의 입속에서 벗어날 수 있었습니다. 깨어나 보니 몽정을 해버리고 말았지만요. 하지만 그것은 실재였습니다. 그녀의 입속에서 죽고 싶을 정도로 몸부림치던 일과 잠을 깨고 난 뒤 내가 몽정을 했다는 걸 안 게 모두 사실이었단 말입니다. 그러니까 꿈과 현실이 뒤엉키더란 말입니다."

"흠."

사내는 시큰둥한 표정을 지으며 피식 웃었다. 나는 그런 사내를 보자 갑자기 조바심이 일어나 나도 모르게 외쳤다.

"나는 그것이 실재였다고 말할 수 있는 증거를 가지고 있습니다."

"무슨?"

"사정(射精)입니다."

"흡흡."

사내는 어이가 없다는 듯한 웃음을 간신히 삼키며 말했다.

"당신은 아직 살인을 모르는구만."

"……"

사내는 걷고 있는 동안 계속해서 실소를 흘렸다. 나는 고개를 숙인 채 무안당한 얼굴이 되어 사내를 힐끔거렸다. 그의 얼굴은 여전히 냉소 띤 웃음으로 일그러져 있었다. 그런 사내의 실쭉거리는 웃음은 나를 낭패감에 빠뜨렸다. 나는 시선을 발등에 떨어뜨린 채 힘없이 걸음을 옮겼다. 멀리서 다가온 자동차가 우리를 지나쳐 어둠 속으로 사라졌다.

얼마나 걸었을까. 어느새 사내와 나는 어두운 강을 거의 벗어나고 있었다. 다리 너머로 보이는 상가 건물들의 네온 간판은 울긋불

굿 휘황찬란한 불빛들을 발산하고 있었다. 활활 타오르는 유황불처럼 뜨거운 밤의 열기 속에서 잔뜩 이글거리고 있었다.

"자, 이제 어떻게 할 작정인가?"

사내는 땀에 젖은 머리카락을 아무렇게나 쓸어 올리며 물었다.

"무얼."

나는 사내에게 무엇인가 말하려했지만 내가 생각했던 것들은 이내 형체를 갖추지 못하고 입안을 맴돌기만 했다. 나는 그와 헤어지기 전에 무슨 말이라도 해야만 한다는 생각이 들었다. 그러나 여전히 생각들은 끊어져 좀체 말이 되지 않았다.

"취하고 싶지 않나?"

사내가 퉁명스럽게 내뱉었다. 나는 물끄러미 사내의 얼굴을 쳐다봤다. 그는 분명히 나를 놓아줄 마음이 없는 듯 보였다. 도대체 이 사내는 내게서 무얼 얻고 싶은 걸까. 그에게 어떤 말이든 해야 한다는 생각이 들어서일까. 나는 잠시 머뭇거리다 앞서 걸음을 뗐다.

우리는 어느 허름한 술집에 들어갔다. 칙칙한 바깥풍경과는 달리 실내는 쾌적하고 활기에 차 있었다. 그것은 적당하게 들어찬 사람들의 웅성대는 소리와 조금은 서늘한 기운이 피부에 닿으며 느껴지는 차가운 감촉 때문인 듯했다. 사내와 나는 술잔을 앞에 놓고 비로소 통성명을 했다. 그러나 이상하게도 사내와 대화를 나누는 동안 나는 그가 일러준 이름을 까맣게 잊어버리고 말았다. 아무리 떠올리려 해도 그의 이름을 기억해 낼 수 없었다. 그와 함께 있는 이 자리가 마치 꿈속에 있는 것 같아 현실이면서 동시에 비현실적으로 느껴졌다. 이상한 일이다. 나는 사내의 성이라도 기억해 내기 위해 안간힘을 썼다. 그런 동안에도 그 심각해 보이는 사내의 죽음타령은 계속되었다.

사내의 일방적인 지껄임 속에서 그의 이름을 기억해내려고 애쓰는 동안 나는 뜻하지 않게 사내에게 하고 싶었던 말을 번개처럼 떠올렸다. 좀처럼 형체를 갖추지 못하고 입가에서 흩어져버렸던 생각들이 어느새 하나둘씩 구체적인 형체를 갖추기 시작한 것이다.

"저, 당신이 말하는 죽음이란 게, 어떻게 정사와 같을 수 있단 말입니까?"

"……."

잠깐 동안 사내는 말문이 막힌 듯 멍한 표정으로 나를 쳐다봤다. 그리고는 이내 무신경한 태도로 고개를 숙인 채 탁자 위에 놓여있는 투명한 술잔을 만지작거렸다. 나는 내가 너무 어리석은 질문을 한 게 아닌가 싶어 의기소침한 채 슬그머니 사내의 표정을 살폈다. 그는 얼이 나간 표정으로 여전히 술잔을 만지작대고 있었다.

얼마 뒤 전혀 말이 없을 것 같던 사내가 천천히 입을 열었다.

"생명의 종말엔 어떤 적극적인 것이 있지. 바로 육체의 파멸이란 것이야. 하지만 그것은 우리 인간을 공포에 떨게 하고 주저하게 만들지. 왜냐하면 육체는 바로 살려는 의지의 현상이기 때문이니까.

육체의 껍데기가 우리 같은 인간에겐 정신적 고통보다 더한 짐이 되기 때문에 결국은 죽지 못하고 이렇게 살아서 죽은 자를 부러워할 수밖에 없게 되는 것이지. 하지만 생명의 종말을 경험하고 싶은 나약한 이들에게 영 방법이 없는 것은 아니야. 이 현실 속에서도 육체의 파멸이 어떤 것인지 느낄 수 있는 비법이 아직은 있지. 아니, 수단이 있다는 말이 더 옳겠군."

"그게 뭡니까?"

"정사야."

"……."

"극단적인 정사야말로 육체를 파멸시키는데 쓸 수 있는 최고의 도구인 셈이지. 정사를 통한 생명의 종말. 하하하. 아마도 내 말은 그런 맥락에서 이해하면 될 것 같군."

"……."

"그러니까, 그것은……."

사내는 얼굴을 찡그리며 뭔가를 표현해 내려고 애를 썼다. 그러나 내 감각기관은 사내의 말을 경청하는데 있기보다 건너편 테이블에 몰입되어 있었다. 그곳에서는 작은 테이블을 중심으로 두 명의 남자가 서로 얼굴을 마주한 채 말다툼을 하고 있었다. 그들이 주고받는 말소리가 점점 커지더니 마치 확성기라도 입에 댄 듯 쾅쾅 울리기 시작했다. 침을 튀겨가며 소리치던 깡마른 체구의 남자가 병목을 거꾸로 집어 들고 벌떡 일어섰다. 눈빛이 매우 사나운 그 남자

는 맞은편에 앉은 평범하고 밋밋한 인상의 남자를 잠깐 동안 쏘아
보다 이내 병을 든 손을 들어 힘껏 내려쳤다. 으억! 짧은 비명과 함
께 밋밋한 인상의 남자가 그대로 바닥에 고꾸라졌다. 머리를 감싸
쥔 채 신음하는 남자의 이마에서 붉은 피가 흘러내렸다. 주위는 금
세 아수라장으로 변해버렸다. 그것은 마치 무성영화의 한 장면처럼
소리 없이 내 시신경을 자극했다. 한참을 시끄럽게 뒤섞이는 동안
에도 나는 그 광경을 굳은 자세로 바라보고 있었다.

"하긴 저 짓도 어찌 보면 죽음을 이해할 수 있는 방법일지도 모
르겠군."

그제야 사내는 고개를 돌려 힐끔 돌아봤다. 나는 사내가 막 내려
놓은 술잔을 가만히 응시했다. 그것은 이중으로 굴절되어 있어 투
명하면서도 내부를 쉽게 볼 수 없도록 만들어져 있었다. 사내는 그
빈 술잔을 계속해서 만지작거리고 있었다.

마침내 싸움판은 경찰의 개입으로 끝이 났고 깡마른 체구의 남자
와 이제는 일그러진 인상이 된 평범한 얼굴의 남자는 밖으로 끌려
나갔다. 그리고 술집 안은 언제 그런 일이 있었냐는 듯 다시금 나지
막이 들뜬 분위기로 돌아가고 있었다.

"우리 인간이 죽음 앞에서 보이는 반응은 다른 생명체들관 사뭇
다르지."

사내는 마침 탁자 위를 기어가는 작은 벌레를 뚫어지게 바라보며
말했다. 그는 엄지와 중지를 퉁겨 벌레의 진로를 훼방 놓고 있었다.

그럴 때마다 그 벌레는 죽은 것처럼 꼼짝하지 않았다.

"아까 그 광경을 보면 알 수 있지. 이런 벌레 따위가 생명의 위협 앞에서 취하는 행동을 생각해 봐. 죽음 앞에서 일어나는 본능적인 방어자세 말이야. 이놈은 그저 죽음을 흉내 내는 도리밖에 별 수 있겠어? 하지만 우리 인간은 다르지. 오히려 죽음을 느끼고 두려워할수록 더욱 공격적인 성향으로 변해간단 말이야. 흠, 인간은 바로 죽음에 대한 두려움의 표출로써 본능적인 폭력을 행사하는 것이지. 아까 봤듯이 즐거운 가운데 일어난 갑작스런 폭력이 그 예가 될 것 같군. 아마도 그런 것들이 죽음에 대한 두려움의 실쳰지도 모르겠구면."

"……"

"하긴 누구나 그 두려움을 해소하는 방법이 있지."

사내는 야릇한 미소를 지으며 잠시 말을 멈췄다 다시 이었다.

"당신도 자신만의 무슨 비법이 있을 듯한데, 어디 한번 알려주겠나?"

"……"

"부탁이야."

"글쎄요."

나는 잠시 머뭇거리다 어렵게 입을 뗐다.

"이 대답이 옳은 건지 모르겠지만, 어느 날 문득 무섭도록 싫은 외로움을 겪어 보았거나 아니면 이유 없이 불안을 느껴본 적이 있

는 사람이라면 알지도 모르겠습니다. 그것이 어떤 종류의 두려움인
지를."

나는 눈을 찡그리며 쓴 술을 털어 넣고는 다시 말했다.

"그럴 때면 나는 습관적으로 자위를 하곤 합니다."

나는 술 취한 탓인지 아니면 알 수 없는 사내의 힘에 이끌려서인
지 그렇게 고백하고 말았다.

"수음이라, 하하하. 이제 보니 이거, 당신도 어느 정도 살인자의
기질을 갖고 있구만."

사내는 능글맞은 웃음을 띠며 말했다.

"살인자요? 난 단지, 그냥……."

"알겠어."

사내는 무얼 알겠다는 건지 다짜고짜 그렇게 내 말을 덮어버렸
다.

"자, 이제 다음 차례야. 이거 말이 길어진 것 같은데, 술은 이쯤
하고 일어나자고. 내 오늘 그 두려움을 즐길 수 있는 비법을 전수해
주지."

사내가 남은 술을 내게 권하며 말했다. 나는 술잔을 받아 마시며
그가 무슨 말을 한 건지 물으려 했지만 그럴 틈이 없었다. 사내는
내가 술을 비워내는 것을 보자마자 내 손을 잡고 자리에서 일어났
다. 나는 사내의 손아귀에 이끌려 아무 말도 못한 채 밖으로 끌려
나갔다.

사내와 나는 골목길로 접어들었다. 사내는 내게 따라오라는 신호도 없이 혼자서 빠른 속도로 좁은 골목을 뚫고 있었다. 나는 그런 사내의 뒤를 마지못해 따랐다. 사내는 저만치 서서 택시를 잡고 있었다. 새벽인데도 날은 여전히 무더웠다. 사내의 하얀 와이셔츠가 땀에 젖어 흐느적거렸다. 나는 말없이 그를 따라 객쩍게 차에 올랐다.

앞좌석에 앉은 사내가 기사에게 뭐라고 중얼거렸다. 그리고는 고개를 돌려 내 쪽을 향해 희미한 미소를 지어 보였다. 나는 술기운 탓에 머리가 아팠기 때문에 그 미소가 무슨 의미인지 헤아리기조차 귀찮았다. 단지 창문 밖을 내다보며 이따금씩 현실과 몽환 속을 오락가락할 뿐이었다.

얼마 뒤 우리는 차에서 내렸다. 사내는 이번에도 내게 따라오라는 눈짓 한번 없이 뒤도 돌아보지 않고 잰걸음을 쳤다. 여유를 부리던 나는 그를 놓치지 않기 위해 서둘러야만 했다. 사내는 큰길을 건너 골목을 향해 뛰다시피 걸었다. 그리고는 막다른 골목 모퉁이를 돌아 내 시야에서 사라졌다. 나는 사내가 사라진 모퉁이를 따라 급하게 돌아섰다.

내가 막 골목의 모퉁이를 돌아섰을 때 시야로 빨려 들어온 광경은 뜻밖이었다. 좁은 길을 중심으로 양편에 유리로 된 낡은 가옥들이 다닥다닥 줄지어 붙어있고 유리창 안쪽에서는 붉은 형광 빛에 얼룩진 어린 소녀들이 희붉그레하게 웃고 있었다. 내 의식은 잠깐 사이 멈춰버렸다. 단지 골목의 불빛들만이 내 시선 속에서 벌레처럼 숨 막힐 듯 우글거렸다.

사내는 사창가의 골목이 끊어지는 어느 모퉁이에 서서 손짓을 보내고 있었다. 나는 순간 나도 모르게 뛰기 시작했다. 그것은 사내를 놓치지 않기 위해서라기보다 이곳을 빨리 벗어나고 싶은 생각이 간절했기 때문이다. 나는 거의 두 눈을 감다시피 하고 뛰었다.

"뭘 그리 겁을 내나?"

벽에 기대 숨을 고르는 나를 보며 사내가 조롱 섞인 미소를 지어 보였다.

"여기야."

사내가 턱 끝으로 가리키며 말했다.

그곳은 외진 골목의 끝자리에 위치한 단층 건물로 매우 낡아서 군데군데 페인트칠이 벗겨진 겉보기에도 초라한 빛바랜 회색 시멘트 건물이었다. 사내와 나는 그곳에서 머리를 짧게 깎은 삼십대 초반으로 보이는 표정 없는 남자의 안내를 받아 안으로 들어갔다.

나는 사내와 함께 어두침침한 계단을 밟으며 지하로 내려갔다. 검은 철문을 열고 안으로 들어서자 실내는 분간할 수 없을 정도로 어두웠다. 내 시력은 무엇이든 알아내기 위해 부지런히 초점을 모았다. 내가 어느 정도 어둠에 익숙해질 무렵 제일 먼저 시야에 들어온 것은 여러 개의 간이용 의자와 익숙한 자세로 앉아있는 나와 사내를 제외한 몇 명의 사람들이었다. 나는 어떻게 된 영문인지 몰라 사내에게 물으려했지만 그는 잠자코 앉기나 하라는 듯 고갯짓만 거듭했다. 나는 어쩔 수 없이 어둠 속을 비집으며 적당한 자리를 찾아 앉았다.

얼마 뒤 무대 위에 은은한 불이 켜지자 형체를 드러낸 것은 늘어진 젖가슴을 그대로 드러낸 채 실오라기 하나 걸치지 않은 알몸의 여자였다. 여자는 무대 중앙에 놓여있는 커다란 나무상자 앞에 서서 이쪽을 바라보고 있었다. 나는 여자 앞에 놓여있는 상자에 시선을 고정했다. 마술 도구처럼 보이는 정육각형의 나무상자. 그것에서는 파란빛이 부시게 흩어지고 있었다.

여자는 상자를 내려다보다 뚜껑을 열고 조심스레 무언가를 꺼내 올렸다. 여자의 손에 들려진 것은 뱀이었다. 그것은 살아있는 비단뱀이었다. 여자는 상체를 비스듬히 꺾어 자신의 어깨에 뱀의 허리를 걸친 뒤 꼬리부분을 잡아 목에 두르고 허리를 곧추세웠다. 나는 문득 여자의 얼굴을 자세히 들여다보고 싶은 생각이 들었다. 그러나 이상하게도 여자를 볼수록 여자의 얼굴은 사람의 얼굴이 아니었다. 그것은 단지 하나의 단조로운 선의 형상에 지나지 않았다. 여자의 얼굴은 마치 그리다 만 소묘처럼 부옇게 흐려져 내 시선을 아득하게 했다.

여자는 희미한 시야 속에서 춤을 추고 있었다. 뱀 형상의 관(冠)을 쓰고 손목을 꺾어 춤을 추는 이집트 무희들처럼 두 손으로 뱀을 받쳐 머리까지 치켜들고 허리와 엉덩이를 부지런히 놀려댔다. 여기저기서 사내들의 거친 숨소리와 함께 노골적인 성적 농담들이 들려왔다. 그들은 몹시 흥분하여 떠들어댔다. 그러나 나는 그 광경을 보면서도 어떤 두려움을 전제한 긴장이나 짜릿한 전율 따위는 전혀 느끼지 못했다. 오히려 이상할 정도로 무대 위의 여자를 보고 있자니 갑자기 동생의 얼굴이 떠올랐다. 그 애의 영상은 꿈틀대고 있는 여자의 불그레한 알몸 위로 겹쳐져 벗은 모습이 되었다. 나는 갑자기 알 수 없는 부아가 치밀어 오르기 시작했다. 고개를 털고 다시 봐도 여전히 동생의 알몸은 사라지지 않았다. 나는 자꾸 솟구치는 화를 견딜 수가 없어 더 이상 그 자리에 있을 수 없었다.

"이 사람, 왜 이렇게 고루해."

뒤늦게 따라 나온 사내가 골목길 가로등 아래 서 있는 나를 보고 빈정거렸다. 나는 흥분을 가라앉히고 사내를 정면으로 쳐다봤다. 사내의 얼굴이 불빛을 받아 발갛게 홍조를 띠고 있었다.

"고루하게 굴지 좀 말지."

사내가 나를 향해 또 다시 빈정거렸다. 나는 고개를 쳐들어 뚫어지게 사내를 쳐다봤다. 벌건 불빛에 일그러진 사내의 얼굴이 번들번들 땀에 젖어 미세하게 실룩거렸다. 나는 사내의 시선을 주시한 채 경멸조의 눈빛으로 이제 그만 헤어지는 게 좋겠다는 의사를 표시했다. 사내는 잠시 무언가에 골몰해하다 갑자기 정색한 얼굴로 나를 향해 알 수 없는 말을 지껄였다.

"어디서부터 이야기를 시작해야 하나? 그래, 날 원망해도 좋아. 어차피 넌 내 기억 속에서 사라져야 하니까."

"대체 무슨 말을 하잔 겁니까?"

나는 사내의 눈길을 피한 채 짜증 섞인 말투로 물었다. 이제 더이상 이런 식의 대화는 그만두고 싶었다. 그는 내 의도를 눈치 챘는지 입술을 묘하게 일그러뜨리며 나직한 웃음을 흘렸다.

"오늘이 원래 2012년 7월 23일인 건 알고 있나? 너한텐 아직 오지 않은 시간이겠지만."

"날짜 가는 정돈 나도 알아요. 근데 그게 어떻단 말입니까?"

나는 반문했다. 그러나 사내는 내 질문에 아랑곳없이 말을 이었다.

"오늘은 내 여동생이 죽은 지 10년째 되는 날이야. 물론 네 여동생이기도 하지. 아, 그리고 네가 그 애를 베란다에서 밀어 떨어뜨린 날이기도 하구만. 그러니까 12년 전 오늘이 되겠군."

"정말, 말도 안 되는 소릴 해대는군요. 내가 왜 당신과 이런 시간 낭비를 해야 하죠? 내게 동생이 있는 건 사실이지만, 어쩌죠? 죽지 않았는데."

나는 떨리는 목소리로 대꾸했다.

"죽지 않았다? 그래, 아직은 아니겠지. 식물처럼 숨을 쉬곤 있으니까."

사내는 내 쪽으로 천천히 다가오며 말했다. 나는 무의식적으로 몇 발짝 뒤로 물러났다. 그는 천천히 다가오더니 내 앞에 서서 깊은 한숨을 들이켰다 내뱉었다.

"12년 전, 난 하나밖에 없는 여동생을 베란다에서 밀어 떨어뜨렸지. 그 애가 원조교제를 했단 사실을 믿을 수가 없었어. 아니, 그보단 창피했었지. 그 사실이 혹시라도 가족 아닌 다른 누구한테 알려질까 두려웠거든. 그래서 그날 밤, 우연히 베란다에 나와 있는 그 애를 보고 일을 저지른 거야. 물론 처음엔 어찌할 생각은 조금도 없었어. 난 단지 그 애가 더 이상 그런 짓을 하고 다니지 않도록 주의를 주려했을 뿐이었으니까. 근데 얘기가 길어지면서 난 흥분하기 시작했지. 그 애가 자신이 저지른 일에 어떤 죄책감도 느끼지 않고 있단 사실이 날 분노하게 만들었던 거야. 그래서 난 그 애의 뺨을 때렸지. 여린 목이 꺾일 정도로 세차게 갈겼어. 그러자 그 애는 악을 쓰며 덤벼들었고 그래, 난 아마 반쯤 이성을 잃은 상태가 되었을 거야. 다음 일은 잘 알다시피……"

"정말 미쳤군. 그 따위 말로 날 협박할 수 있다고 생각해?"

나는 그만 자제력을 잃고 소리쳤다. 그러나 사내는 내 소리침은 안중에도 없다는 듯 덤덤한 표정으로 계속해서 말을 이었다.

"그 애는 4층에서 떨어졌는데도 죽지 않았어. 하지만 살아나지도 않았지. 단지 병원에 누워 식물처럼 숨만 쉴 뿐이지. 흠, 3일 후면 그 애의 생일이 돌아오는군. 그때 난 그 애한테 돌아올 세 번째 생일을 차마 지켜볼 수 없었어. 그래서 그 애의 유일한 생명줄인 산소 호스를 내 손으로 떼어냈던 거야. 차라리 영원히 죽는 게 날 거라고 생각했기 때문이지. 근데 그게 아니었어. 수년 동안 감방에 갇혀있으면서 그게 아니란 생각이 들었어. 그건 내게 내려진 고통을 벗어나기 위한 이기적인 발로일 뿐이었지."

사내는 고개를 숙인 채 입을 다물었다. 나는 여전히 화가 나 있었지만, 이 사내 앞에서 절대 흥분된 감정을 보여서는 안 된다는 생각이 들었다. 이런 사내에겐 감정적인 대응보다는 논리적인 허점을 찾아 대응하는 편이 더 낫지 싶었다. 나는 사내의 계략에 말려들지 않기 위해 한 차례 호흡을 고른 뒤 최대한 침착한 어조로 말했다.

"도대체 무슨 얘길 하고 싶은 겁니까? 당신이 어떻게 알았는지 모르겠지만, 내 동생이 뇌사상태로 병원에 누워 있는 건 사실입니다. 하지만 그건 사고였고 그 일은 바로 2년 전 일이었어요."

나는 밀려오는 현기증을 참으며 간신히 대꾸했다. 그러자 사내는 엄숙한 표정으로 입을 열었다.

"난 널 만나려고 최면암시를 통해 어렵게 10년 전 오늘로 왔어. 앞으로 네가 저지를 살인을 막아보려고 말이지. 네가 여동생을 베란다에서 밀어 떨어뜨린 2년 전, 그러니까 내겐 12년 전인 그 날로 되돌아가려 했지만 여의치 않았어. 아마도 내 의식이 그 때로 돌아가는 걸 두려워한 모양이야. 그래서 할 수 없이 오늘로 오게 된 거야."

사내는 잠시 막막한 눈빛으로 나를 쳐다보다 이내 덧붙였다.

"아직도 사고였다고 믿고 싶나? 붙잡으려고 했지만 어쩔 수 없었다고 변명하고 싶은 거야?"

나는 입을 굳게 다문 채 사내를 노려봤다.

"내가 그 애의 호흡기를 떼어내고 지금까지 어떻게 살아왔는지 짐작이나 하겠어?"

사내는 붉은 눈시울로 나를 바라봤다.

"……"

"그럴 테지. 이 고통을 어찌 알 수 있겠어. 차라리 수년 동안 회색 벽 속에 갇혀 살았을 때가 견딜만했지. 죄 값을 치르고 있단 생각을 하면 그래도 숨 쉴 여력은 있었으니까. 하지만 이젠 나도 더 이상 버틸 수가 없어. 네가 보고 느낀 그대로야. 나 역시 이 현실이 너무 버거워. 내게 엄습해오는 이 두려움이 습관처럼 익숙해지길 바랄 뿐이지만 그건 불가능한 일이야. 이 따위 안식이 어떻게 영원히 지속될 수 있겠어?"

사내는 흥분한 나머지 숨을 씩씩거렸다.

"언제까지 내가 이런 식으로 버텨내야만 하지? 어서 내 기억 속에서 사라져줘야겠어. 방법은 간단해. 네 스스로 죽음을 선택하면 되는 거야."

"말도 안 되는 소리 집어 쳐요! 설령 당신 말이 맞다 칩시다. 그럼 당신이 죽으면 모든 게 해결될 텐데, 뭘 망설이는 거죠?"

나는 혐오스런 눈빛으로 사내를 쳐다봤다. 가로등 불빛을 등지고 있는 사내의 얼굴이 순간 잿빛으로 변했다. 나는 기회를 놓치지 않고 쏘아붙였다.

"내가 그렇게 죽길 바란다면 당신이 죽어보지 그래?"

나는 사내에게 성큼성큼 다가서며 되물었다. 그러자 그는 피식 실소를 흘렸다.

"솔직히 난 죽을 용기가 없어. 널 죽일 수도 없고 넌 내 기억의 세계 속에서 스스로 살아 움직이는 존재니까. 내가 비록 최면을 통해 널 만났지만, 널 죽인다면 또 한 번 살인을 저지르는 일이 될 거야. 그러니 내가 할 수 있는 일은 단 하나밖에 없지. 과거의 내 기억 속에 자생하는 널 설득해서 스스로 죽음을 선택하도록 하게 하는 일. 그것뿐이야."

"좋습니다. 당신 논리대로 하자면 당신은 내 미래가 되겠군요. 내 관념이 만들어낸 미래의 모습. 그러니까 내 의식은 여동생을 죽이고 그 사실을 잊고 싶어서 사창가나 전전하는 비참한 꼴의 당신을 만들어낸 건가요?"

나는 사내에게 따지듯 물었다. 그러자 사내는 태연한 동작으로 이마 위에 맺힌 땀을 닦아내고는 와이셔츠의 단추를 어루만졌다.

"아직도 말귀를 못 알아듣는군. 내가 다리 위에서 던진 물건 기억나나? 그게 뭐였는지 알…"

"내 동생을 꼬여낸 게 너였지!"

나는 사내의 말이 채 끝나기도 전에 그의 멱살을 움켜쥐고 담 쪽으로 와락 떠밀었다. 당장이라도 목을 졸라버릴 기세로 사내를 몰아붙였다. 이제 생각해보니, 사내가 다리 위에서 던진 사각 모양의 납작한 물체는 그날 여동생이 입고 있던 잠옷에서 떨어진 단추가 틀림없었다.

"너 때문에 죽은 거야! 말해봐! 그 애가 왜 자살한 거지?"

나는 사내의 멱살을 움켜 쥔 채 거칠게 흔들었다.

"그렇지. 나 때문이야. 내가 죽였으니까. 하지만 날 그 학원 강사로 오해해선 안 되지. 동거는 동거일 뿐이니까. 그게 내 동생의 죽음과 무슨 상관이 있겠어? 넌 내 기억 속에 존재하고 있는 나란 사실을 알아야지. 내가 그 애를 베란다에서 떨어뜨린 건 곧 네가 밀어 떨어뜨린 것과 같단 말이야. 그러니 내 탓을 한다면 그건 네가 저지른 살인을 인정하는 게 아니겠어?"

사내는 내 눈을 뚫어지게 쳐다보며 엷은 미소를 흘렸다. 나는 멱살을 쥐고 있던 두 손으로 사내의 목을 힘껏 졸랐다.

"죽여 버리겠어!"

나는 있는 힘을 다해 손가락 끝에 힘을 주었다. 사내의 입이 약간 벌어지면서 수척한 볼이 붉어지기 시작했다.

"나알, 주, 죽이겠다고?"

사내는 인상을 잔뜩 찡그린 채 숨 막히는 목소리로 말했다. 나는 다 쓴 치약을 억지로 짜내듯 열개의 손가락 끝에 온힘을 주었다. 사내의 관자놀이와 이마에 불그죽죽한 핏줄이 튀어나왔다. 그는 예리

한 흉기에 찔린 듯 매우 고통스러워했다. 나는 그가 주절댈 수 없도록 있는 힘껏 숨통을 틀어쥐었다.

얼마 뒤 목을 타고 세어 나오던 가는 신음이 사라지고 나자 사내의 몸은 바람 빠진 튜브처럼 바닥으로 흘러내렸다. 더 이상 사내의 지껄임은 들리지 않았다. 그제야 나는 굳어진 손에 힘을 풀고 허리를 폈다. 담벼락에 기댄 사내의 머리가 수직으로 꺾인 채 비스듬히 기울어져 있었다. 애초부터 그는 미치광이에 불과했다.

한동안 나는 핏기 없는 사내의 얼굴을 내려다보다 옷에 묻은 먼지를 털어 내고는 비칠비칠 골목을 빠져 나왔다. 한참을 걷고 있는 동안 나는 두서없는 생각에 빠져 있으면서도 불안하지 않았다. 마음속은 이상하리만큼 침착하게 가라앉아 있었다.

어느새 도시를 짓누르던 불같은 더위가 사그라지고 거리의 현란했던 네온등들이 하나둘씩 그 빛을 꺼뜨려갔다.

나는 아침이 다 돼서야 집에 돌아왔다. 먼지가 자욱이 내려앉은 이불을 젖혀내고 방 한구석으로 몸을 도사렸다. 바닥에 그대로 너부러진 이불 사이로 매캐한 곰팡내가 코를 찔렀다. 나는 그 냄새를 맡으며 주머니 속에서 단추 한 개를 꺼냈다. 그것은 사고가 나던 날 동생이 입었던 잠옷에서 떨어진 거였다. 그 노란 테두리의 검은색 단추를 바라보자 잊고 있던 한 줄기 기억이 섬광처럼 머리를 스쳐 눈앞에 떠올랐다. 베란다 난간에 한 소녀가 기대어 있다. 소녀는 난간 아래를 내려다보다 뒤쪽에서 들려오는 기척에 등을 돌린다. 사각 모양의 단추가 달린 한 번도 본 적 없는 노란 잠옷을 입고 있는 소녀. 그 앞에 한 남자가 서 있다. 그들은 뭐라고 얘기를 나눈다. 한참동안 이어지던 얘기가 소강상태에 빠질 무렵 갑자기 남자가 소녀의 뺨을 갈긴다. 철썩. 고개가 돌아간 소녀는 눈을 부릅뜨고 남자에게 덤벼든다. 이성을 잃은 듯한 남자는 소녀의 잠옷 가슴께를 움켜쥔 채 연신 뺨을 갈긴다. 철썩-. 철썩-. 소녀는 두 팔을 버둥대며 저항하다 남자를 밀쳐내고 난간의 귀퉁이로 도망친다. 남자는 그제야 정신을 차리고 소녀를 바라본다. 소녀는 몸을 돌려 난간 위에 다리를 걸치고 있다. 당황한 남자는 고함을 지른다. 소녀는 아랑곳없이 아슬아슬한 동작으로 난간 위에 올라선다. 소녀의 긴 머리칼이 바람에 휘날린다. 남자가 빠른 동작으로 달려가 소녀에게 손을 뻗는 순간 소녀는 허공을 향해 두 팔을 내저으며 난간에서 떨어진다. 악-. 짧은 비명과 함께.

꿈결 같이 아스라한 기억 속에서 깨어났다. 가벼운 현기증이 인다. 나는 고개를 흔들며 자리에서 일어났다. 창가 쪽으로 가 책상 한쪽에 놓여 있는 알약을 집어 입안에 넣고는 물을 마셨다. 그리고는 라디오를 켰다. 제목을 알 수 없는 빠른 비트의 가요가 쩌렁쩌렁 울려 나왔다. 볼륨을 낮추고 의자에 앉아 잠시 생각에 잠겼다. 도대체 내가 기억하는 사실이 어디까지가 진실일까. 사내의 말대로 내가 정말 여동생을 밀어 떨어뜨린 걸까. 아니, 내가 지금 악몽을 꾸고 있는 것은 아닐까. 그날 일을 자세히 떠올려 보려고 애를 쓰는 동안 시끄러운 음악이 끝났는지 문득 DJ의 발랄한 목소리가 들려왔다.

청취자 여러분, 연일 계속되는 더위에 힘드시죠. 올해가 53년 만에 찾아온 살인더위라고 하는군요. 기록에 의하면, 지난 1949년 7월 순천지역 최고 기온이 무려 39.4도였다고 하네요

귓가에 와 닿는 DJ의 말에 나는 깜짝 놀랐다. 1949년 이래 53년 만에 찾아온 살인더위? 그렇다면 올해가? 잠깐 사이 숨이 막힐 것 같다. 무언가가 나를 단단히 옭아매는 느낌이다. 나는 본능적으로 몸을 일으켜 달력을 찾았다. 사방의 벽을 둘러보고 모든 서랍을 꺼내 뒤져보았지만 보이지 않는다. 시계가 어디 있지? 나는 손목시계를 찾기 위해 이곳저곳 주머니를 뒤져본다. 갑자기 여동생이 깨어나면 어쩌나 두려움이 몰려온다. 내 의식은 그 애가 누워 있는 병원으로 가야한다고 명령한다. 나는 밖으로 나가기 위해 서둘러 채비했다.

쾅쾅쾅.

신발을 신고 현관을 나서려는데 누군가 급하게 문을 두드린다. 나는 도어렌즈를 통해 조심스레 밖을 살폈다. 그러나 복도는 텅 비어있을 뿐 아무도 보이지 않는다. 나는 잠깐 망설이다 천천히 문고

리를 비틀었다. 그 순간 문밖에서 들려오는 사내의 서늘한 목소리. 나는 그만 온몸이 뻣뻣이 굳어 그 자리에 주저앉고 말았다. 사내의 음성은 마치 이명처럼 내 귓가를 찌릿찌릿 파고들었다.

내가 죽을 거라고 생각했나? 넌 살인자야!

천국의 낙타

천국의 낙타

차창 밖으로 보이는 거리의 풍경은 흐릿하다. 도로가에 세워진 나무들의 얇은 가지들이 간간이 불어오는 바람에 흔들리고 있다. 나는 나뭇가지에 달린 아직 단풍들지 못한 엷은 잎사귀들을 바라보다 이내 시선을 거둔다.

애희는 택시에 오른 뒤로 줄곧 말이 없다. 결혼식장을 나서면서 내 고교 동창생의 얘기를 늘어놓다 면박을 당하자, 기분이 상한 눈치다. 예식이 진행되는 내내 신부를 바라보며 부러움을 숨기지 못하던 그녀. 나는 그런 표정이 내심 못마땅했다. 그런 까닭에 그녀가 제법 얼굴이 알려진 탤런트를 신부로 맞은 녀석의 능력을 입에 담았을 때 대뜸 퉁을 놓았던 것이다. 그럴 만한 능력이 되는 친구니까 그런 행운도 누리는 거라고 잘라 말하긴 했지만, 실은 그 녀석이야 말로 꽤나 웃긴 놈이었다. 굴지의 건설사에서 벌어진 간부급 회계

비리를 눈감아 준 덕에 계약직에서 정규직 발령을 얻어냈다고 전화했을 때가 벌써 2년 전이었는데. 아무 소식도 없던 놈이 이틀 전에 전화해서는 대뜸 탤런트 P와 결혼을 하게 되었으니 와서 축하해 달라고?

중년을 훌쩍 넘긴 말끔한 진남색 제복차림의 사내가 룸미러를 통해 나와 애희를 번갈아 힐끔거린다. 나는 눈길을 피한 채 최대한 엉덩이를 빼고 등받이에 몸을 기댄다. 찔끔찔끔 기어가듯 굴러가는 택시는 공군회관을 빠져나와 인도네시아 대사관 앞을 지나고 있다.

"인수 씨도 그 정도면 괜찮은 조건이잖아요 공무원이면 정년도 보장되고, 얼마 안 있으면 우체국에서 국장님 다음으로 높아질 텐데. 그래서 내겐 더 어려운 사람이지만……."

두 눈을 비스듬히 내리깐 채 혼잣말을 하듯 중얼거리는 애희. 나는 잠시 그녀의 옆얼굴을 쳐다보다 적절한 대꾸가 떠오르지 않아 창밖으로 고개를 돌린다. 사내는 차선을 바꾸기 위해 창문을 열고 손을 내저으며 차머리를 이리저리 틀어대고 있다.

"미안해요. 기분 상했어요?"

애희는 내 표정을 살피더니 금세 누그러진 말투로 묻는다. 나는 스쳐지나가는 풍경을 바라보며 고개를 젓는다. 무슨 말인가 하려던 그녀는 이내 입을 다물고 만다.

사내는 핸들 손잡이를 쥐었다 놓았다하며 한숨을 내쉰다. 도로에 깔린 차들은 옴짝달싹 할 수 없을 정도로 정체되어 있다. 나는 팔짱을 끼고 인도를 걷고 있는 사람들의 움직임을 무심한 눈길로 쫓는다. 한쪽 손을 청바지 주머니에 꽂고 사뿐사뿐 걷고 있는 작은 체구의 남자가 문득 걸음을 멈추고 이쪽을 향해 시선을 던진다. 혹시? 나는 유리창에 얼굴을 바싹 디밀고 그를 바라본다. 잠시 도로를 점령한 차들을 바라보다 내쳐 걸음을 떼는 남자. 혹, 그가 아닌가.

"아는 사람이에요? 여기, 진동 울렸어요"

애희는 무릎 위에 놓인 재킷에서 휴대폰을 꺼내 건넨다. 나는 다시 한 번 거리 쪽을 내다보고는 휴대폰을 받아든다.

'시간'은 아직 그대로야. 오늘 저녁 7시, 기다릴게.

오래전 헤어진 명신의 메시지다.

전역 후 대학에 복학할 무렵 후배에게서 미술을 전공하는 두 살 아래의 여자를 소개 받은 적이 있다. 사법시험을 준비하기 위해 이것저것 알아볼 때였으므로 나는 고민을 거듭하다 결국 약속장소에 나가지 않았다. 후배에게서 적잖은 비난을 받고 난 며칠 뒤 불쑥 걸려온 한 통의 전화. 그 여자였다. 나는 사과를 바라는 그녀에게 어쩔 수 없이 술을 사기로 했다.

처음 만난 술자리에서 다짜고짜 소원을 말해보라던 그녀의 표정은 잊을 수 없다. 도톰한 입술과 오뚝한 콧날, 짙은 눈썹에 보랏빛 이태리제 뿔테안경을 쓰고 도발적인 포즈로 나를 바라보던 그녀. 그날 밤 소원을 들어주겠다며 나와 함께 모텔에 든 그녀는 잠자리의 대가로 동갑내기 친구가 되어달라고 속삭였다.

"누구예요? 무슨 문잔데 그래요?"

애희가 불안한 표정으로 나를 바라본다. 나는 아무 대꾸 없이 휴대폰을 주머니에 집어넣는다. 그녀는 굳은 얼굴로 입을 다문다. 가다 서다를 반복하던 차는 올림픽대로로 접어들면서부터 속도를 내기 시작한다. 휙휙 스쳐지나가는 옆 차선의 차들을 바라보며 나는 망상처럼 솟아오르는 지난 가을날의 일을 떠올린다.

"좀 천천히 달리라고요. 무서워 죽겠잖아."

옆 차선으로 덩치가 큰 화물트럭이 지나가자 동욱은 내 쪽을 향해 소리를 질렀다. 납작한 코에 쌍꺼풀 없는 눈을 한껏 치켜 뜬 그가 가슴께 안전벨트를 붙잡고 있는 꼴을 보자니, 알 수 없는 웃음이 터져 나왔다.

"웃지 마요. 난 심각하단 말이야."

"아직 백이십도 안 밟았는데?"

나는 액셀에서 발을 떼며 대꾸했다. 서해안 고속도로를 따라 달리는 차는 서해대교 진입을 눈앞에 두고 있었다. 누구와 한 번도 여행을 가본 적이 없다는 그의 말에 일부러 휴가를 내고 무작정 교외로 달려 나온 게 여기까지 오게 된 것이었다.

"나 죽으면 응? 계장님한테 내 시체 치우라고 유서 남겨야겠다. 화장해서 나무 밑에 뿌려달라고"

동욱은 입술을 씰룩이며 뜬금없는 말을 내뱉었다. 그의 대화법은 언제나 그랬다. 나는 한쪽 손으로 핸들을 쥔 채 달리는 차의 속도를 서서히 떨어뜨리며, 푸른 수면 위를 날아오르기 시작하는 새떼들을 가리켰다.

"저기 저 바다 위 광경 좀 봐. 멋지지 않아? 정말 장관이군."

"그거 알아요? 계장님 보기보다 무지 수다스럽다는 거."

'내가 그런가?' 하는 표정으로 고개를 틀어 그를 슬쩍 쳐다보았다. 동욱은 기모노를 차려 입은 일본 기생처럼 두 손을 곱게 모으고 있었다. 그리곤 숱이 없어 훤칠한 이마에 주름을 만들며 빙그레 미소를 지어보였다. 나는 오이처럼 길쭉하면서도 자그마한 낙타새끼 같은 그의 얼굴을 보자 또 다시 웃음이 터졌다.

"아 씨, 내가 그렇게 좋아요? 응?"

"미안해. 나도 모르게 기분이 좋아지는 건 어쩔 수 없잖아."

나는 차선을 유지하며 출렁이는 바닷물을 차고 올라 공중에 까만 수를 놓듯 점을 찍는 철새들을 힐끔거렸다. 동욱은 자신이 즐겨듣는 라틴가수 마크 안토니의 CD를 꺼내 플레이어에 집어넣었다. 그 때 어디선가 휴대폰 진동음이 들려왔다. 그는 얼른 몸을 틀어 뒷좌석에 벗어놓은 코르덴재킷을 움켜쥐었다. 불편한 한쪽 손으로 휴대폰을 꺼내 건네며 나를 빤히 쳐다보았다. 나는 하나밖에 없는 그의 손가락과 손바닥 사이에 끼여 있는 휴대폰을 본체만체 볼륨을 높였다. 그리고는 라틴팝의 빠른 비트를 따라 액셀을 밟은 발에 힘을 주었다. 그는 겁먹은 얼굴로 좌석에 등을 바짝 밀착시키며 비명을 질러댔다.

도로 저편으로 흘러가는 강물을 바라보다 뒤늦게 애희의 옆모습을 바라본다. 창을 통해 들어오는 미약한 햇살이 그녀의 동그란 이마에 아른거린다. 그녀는 희미하게 쌍꺼풀 진 눈으로 창밖을 내다보고 있다.

"학교 후배야."

나는 읊조리듯 말한다.

"전에 얘기한 적 있을 거야. 유학 갔다 결혼해서 돌아온 친구."

"남자예요?"

애희는 창밖을 주시한 채 반문한다.

"아니, 여자 후배야."

그제야 그녀는 굳은 얼굴을 펴고 내 손등에 가만히 손을 포갠다. 이번엔 내가 고개를 돌려 창밖을 내다본다. 우리를 태운 택시는 한강대교 밑을 지나 한남대교 부근을 향해 참았던 기지개를 켜듯 힘찬 기세로 내달리고 있다.

"꽉꽉 빠지니까, 좋습니다."

사내는 와이퍼를 조작해 앞창을 닦아내며 가속페달에 속도를 붙인다. 그는 전방을 주시한 채 가끔씩 룸미러를 통해 이쪽의 동태를 살피다가 기어이 근질대는 입술을 들썩거린다.

"잘은 모르겠지만서도, 내가 보기엔 두 분이 사랑하니까 싸우는 걸로 보입니다. 어때요? 내 말이 맞죠? 이렇게 두 분을 보니 옛날 아내랑 연애할 때가 그리워지네요."

숱 많은 눈썹의 사내는 걸걸한 목소리로 자신의 젊은 날을 읊조린다. 30년 전 노총각의 수모를 견디며 지내던 그는 꼭 동태 같이 생긴 여자를 중매로 만났다. 처음엔 키도 작고 잇속도 못난 이 여자를 본 순간 단박 퇴짜를 놓았다고 한다. 그런데 이러저러해서 다시 만나게 되었고 결국엔 함께 팔짱을 끼고 식장에 들어가게 되었다.

사내는 이 여자를 어떻게 다시 만나서 애를 셋씩이나 질러놨는지 아무리 기억해보려고 해도 떠오르지 않는다며 너스레를 떤다.

"못나긴 해도 데리고 사는 맛은 있었죠. 허허. 세월이 이렇게 흘렀는데도 그 파릇한 얼굴이 잊혀지질 않아요. 내가 왜 그 사람을 선택했나 가만히 돌이켜 생각해보니까, 정말 이유가 없습디다. 그저, 그냥 내 곁에 누워 숨 쉬고 있는 사람이 바로 이 여자구나 하는 생각밖에. 죽고 나니까, 참 사무치게 그리운 사람인 줄 뒤늦게 알게 됐어요."

사내는 담담한 어조로 아내와의 추억을 곱씹는다.

"가끔은 너무 보고 싶어서 헛것이 보일 때도 있습디다. 미치도록 보고 싶으면 그럴 수도 있다더군요. 비 오는 날이었나? 택시를 몰고 가는데, 글쎄 내리던 비는 안 오고 하늘에서 무슨 동태가 쏟아져 내리더라니까요. 허허허. 아내 얘긴 해도 해도 끝이 없습니다."

애희는 사내가 자신의 얘기를 떠벌리는 동안 고개를 틀어 내 쪽을 바라보고 있다. 얼마간 그렇게 나를 쳐다보다 낮은 목소리로 말을 건넨다.

"미안해요. 그냥 후배라고 하면 남자를 떠올리게 되니까 그렇게 물은 거예요."

애희의 머릿속엔 딱 한 번 만났던 동욱의 얼굴이 아직도 지워지지 않은 모양이었다. 엄지손가락만 달랑한 왼손으로 맥주잔을 들고 호기롭게 술을 들이켜던 그의 모습을 그녀는 선명히 기억하고 있었다. 가을이 다 질 무렵 떠난다는 한 마디 말을 던져두고 흔적 없이 사라진 지가 벌써 일 년이란 시간이 흘렀는데……

"정말, 이 사람이 수다스러워요?"

애희는 동욱의 말에 믿기지 않는 눈빛으로 나를 쳐다보았다. 내게 애인이 있냐는 물음에 고개를 끄덕인 뒤로 동욱은 줄곧 그녀를 만나보고 싶어 했다. 나는 그의 밝은 성격이 애희에게 나쁘지 않을 거라는 생각에 그녀를 설득해 술자리를 만든 것이었다.

"신 계장님에 대해 모르시는 게 너무 많구나. 궁금한 거 있으면 나한테 다 물어보세요."

넓은 테이블을 두고 마주앉은 동욱은 맥주잔을 들어 내 잔에 부딪치곤 한 모금 입술을 적셨다. 애희는 볼록한 유리잔에 사이다를 따르며 의식적으로 내 눈길을 피했다. 나는 앞에 놓인 찬 맥주를 거품 한 방울 남기지 않고 쭉 들이켰다.

"애희 씬 계장님을 어떻게 만났어요? 난 좀 특별한데. 그렇죠, 계장님?"

동욱은 튀어나온 커다란 눈을 치켜뜨고 내게 물었다. 나는 그를 이 자리에 데려온 게 실수였다는 생각을 뒤늦게 곱씹었다.

"어떻게 만났는데요?"

애희는 내 잔에 술을 따라줄 생각도 없이 그를 향해 물었다.

"뭐, 좀 그냥 이것 때문에."

동욱은 그녀를 향해 네 손가락이 없는 왼손을 위압적으로 흔들어 보였다.

가을이면 어김없이 우편물량이 늘어나는 우체국에서는 경력 있는 아르바이트생을 뽑아 야간에 특수우편물 처리 일을 보조하게 했다. 어떻게 뽑혀 올라왔는지 알 수 없지만, 그는 어두컴컴한 창문 옆에 놓인 발송대 앞에 서서 이어폰을 꽂은 채 엄지손가락만 있는 왼손으로 편지뭉치를 들고 흥얼대고 있었다.

발송대에 적힌 주소는 보지도 않은 채 편지의 주소만 보고도 척척 구분하는 그를 나는 이따금씩 흥미로운 눈길로 바라보았다. 그가 가방에서 무언가를 꺼내 지역 구분함에 끼어 넣는 것을 목격하기 전까지는.

"궁금하면 나중에 저분한테 직접 들으세요. 근데, 어떤 친구가 그러더라고요. 모 우체국 특수계에 가면 참 따듯한 사람을 만날 수 있다고. 그 얘기 듣고 내가 왔잖아. 계장님, 내가 좋아할까봐 두렵죠?"

동욱은 입술을 씰룩이며 정면으로 나를 응시했다. 나는 빈 잔에 술을 따르며 어쩐지 공허해 보이는 그의 눈빛을 슬그머니 외면했다. 그는 하얀 거품이 반이나 차오른 내 잔을 엄지로 살짝 건드리고는 자신의 잔을 단숨에 비워냈다.

동욱의 수상쩍은 행동을 알아차린 그날, 나는 퇴근을 하며 저녁을 사겠노라고 했다. 그는 내 제의를 흔쾌히 받아들였다. 우체국과 그리 멀지 않은 곳에 있는 한식당에서 저녁을 해결하고는 그의 의사는 묻지도 않은 채 나는 근처 술집으로 앞장서 들어갔다.

우리는 비교적 한적한 데 자리를 잡고 앉았다. 주문한 술이 나오자 동욱은 재빨리 내 잔에 술을 채웠다. 나는 그에게 술을 따르며 왜 그런 짓을 했냐고 물었다. 그는 무슨 말인지 알지 못하겠다는 듯 희미한 눈썹을 치켜 올리며 이마에 주름을 만들었다. 나는 그가 따라준 술을 반쯤 비우고는 양복 안주머니에서 편지 한 통을 꺼내 탁자 위에 내려놓았다.

그것은 발신 주소가 없는 행운의 편지였다.

"그거 다 보셨어요?"

나는 그의 눈을 주시하며 고개를 끄덕였다.

"지금이라도 널 잡아넣을 수 있어. 네가 일을 저지른 덴 중요한 우편물을 다루는 곳이니까."

"나도 알아요."

동욱은 내 눈을 외면한 채 유리컵에 소주를 가득 채워 들이켜기 시작했다. 나는 팔짱을 끼고 그가 하는 짓을 가만히 지켜보았다.

"그래요. 다 말할게요. 내 얘길 듣고 동정하는 마음이 조금이라도 생긴다면 그만두라고 하진 마세요."

고아로 자란 동욱은 이 년 전 오토바이 부품을 생산하는 일본계 회사에서 아르바이트를 하다 산업체 방위로 복무하고 있는 네 살 연상의 한 남자를 알게 되었다. 그는 스무 살이 될 때까지 자신의 특수한 사정을 어느 누구에게도 밝힌 적이 없다. 심지어 3년 전 세상을 떠난 유일한 혈육인 누이도 모르는 사실이다. 자신에게 주어진 영혼의 정체에 대해서는 본인도 확신할 수 있는 게 아무 것도 없었다. 그 남자를 만나기 전까지는.

"그 사람 내 첫 사랑이었어요."

동욱은 단발머리에 은테 안경을 쓴 단정한 외모의 남자에게 세 번째 술자리에서 몸을 허락했다. 만취한 남자는 화장실에 들어가 먹은 것을 게워내고 있는 그에게 섹스를 요구했다. 동욱이 망설이자 사내는 강제로 무릎을 꿇린 뒤 물건을 꺼내 그의 입에 처박았다.

"내가 왜 저항을 못했는지 알아요? 그러고 싶지 않았거든요."

동욱의 애원에 두 달 만에 모습을 드러낸 사내는 그를 데리고 고층건물 화장실로 갔다. 동욱이 사랑한다고 하자 불 꺼진 칸막이 안에서 그의 옷을 홀딱 벗겼다. 단 한 번만 키스해달라는 그의 간절한 말에도 아랑곳없이 사내는 자신의 감정에 몰입했다.

"잊어보려고 얼마나 애썼는지 몰라요. 기억에서 접겠다고 동성사이트도 돌아다녀 봤는데, 왠지 무서워서 나가질 못했어요."

동욱은 술이 올라 벌게진 얼굴로 한동안 나를 쳐다보다 이를 악물고 덧붙였다.

"그 사람 나랑 그러는 순간에도 내 목을 조르면서 여자친구 전화 받았어요."

"그만해. 그런 일 때문에 이런 짓을 했단 말이야?"

나는 편지를 집어 들며 소리쳤다.

"사랑을 버리지 말라고? 지금 다시 찾지 않으면 무서운 일이 생길 거라고?"

"그래요. 날 버리면 응, 그렇게 될 거예요. 두고 보세요."

동욱은 붉어진 눈시울로 나를 흘겨보며 대꾸했다. 나는 편지를 다시 챙겨 넣으며 자리에서 일어났다. 그렇다면 사전에 범죄를 막아야겠다고 엄포를 놓은 뒤 계산서를 집어 들고 그의 옆을 지나갔다. 그는 내 쪽을 외면한 채 풀어진 혀를 다잡으며 나직이 외쳤다. 그렇게 하세요. 어쨌든 그 사람만 돌아오면 되니까.

"저기서 돌아야죠?"

한 손으로 운전대를 잡은 사내가 몸을 뒤로 젖히며 내게 묻고 있다. 상념에 젖어있던 나는 정신을 차리고 창밖을 내다본다. 속도가 떨어진 차는 어느새 한남대교 부근으로 접어들고 있었다.

"네, 우회전."

택시는 좁은 터널을 지나 신사역 방향으로 길을 잡는다. 주말 오후라 그런지 강남으로 접어들면서부터 다시 밀리기 시작한다. 신사 사거리를 지나며 사내는 8차선 도로를 가득 메운 차들을 향해 혼잣말로 투덜거린다.

"영화 보러 갈까?"

나는 애희를 보며 묻는다. 그녀는 내 손등에 손을 포갠 채 입을 다물고 있다.

"어디 가고 싶은 데 없어?"

나는 재차 묻는다. 잠시 망설이는 듯한 그녀는 이내 고개를 젓는다.

"기사님, 논현역 근처에서 바로 세워주십시오."

나는 그녀의 손에서 내 손을 슬며시 빼낸다.

"네, 알겠습니다."

사내는 큰소리로 대답한 뒤 룸미러를 통해 애희 쪽을 힐끔거린다. 그녀는 반사적으로 눈을 감는다. 택시는 논현역 사거리를 건너자마자 차선을 가로질러 국민은행 앞에 멈춰 선다. 요금을 지불한 후 나는 뒤따라 내리는 그녀의 가방을 받아든다. 택시는 눈 깜작할 사이 전용차선으로 접어드는 버스의 꽁무니를 쫓아 급출발한다.

횡단보도를 건너 스타벅스에 들어가려다 발길을 멈춘다. 난 이런 일회용은 정말 싫더라. 동욱의 말이 불현듯 떠오른다. 나는 뒤늦게 따라온 애희의 손을 잡고 교보사거리 방향으로 30m쯤 내려가 중년의 남자가 운영하는 커피숍으로 향한다.

창가 쪽에 적당한 자리를 찾아 앉은 우리는 서로 아무 말이 없다. 내가 꺼낸 말은 기껏해야 커피주문이 전부다.

"자고 갈래?"

한참을 생각한 끝에 입을 연다. 그러나 애희는 물을 한 모금 들이켠 뒤 고개를 젓는다.

커피를 기다리는 동안 담배를 피우기 위해 재킷의 주머니를 뒤져본다. 담배는 만져지지 않는다. 이쪽저쪽을 뒤지다 내 손에 들려나온 것은 도토리 두 알. 나는 그것들을 손바닥 위에 올려놓고 물끄러미 바라본다.

서해대교를 달려 도착한 곳은 안면읍의 자연휴양림이 있는 근처 야산이었다. 이곳은 사방에서 불어오는 바람이 끊이질 않아 심어놓은 도토리나무들이 제각각 방향을 잃고 삐죽삐죽 솟아 있었다. 동욱은 제법 잘 자란 도토리나무 아래 무릎을 모으고 앉아 눈을 감았다. 세지도 약하지도 않은 바람이 불어와 칼칼한 잎사귀를 흔들었다. 쓰우우. 그것은 어릴 적 이른 아침에 들려오던 아버지의 마당 쓰는 비질 소리와 비슷했다. 나는 고개를 들고 주위를 둘러보았다. 따사로운 햇살이 시린 바람을 타고 설익은 단풍잎들 위에 떨어졌다. 나는 차분한 마음으로 동욱을 바라보았다. 그는 어느새 몸을 돌리고 앉아 뭔가를 부스럭대고 있었다.

"뭐 하는 거야?"

나는 동욱의 옆으로 비켜섰다. 그는 비스킷을 으깨 나무 주위에 뿌리고 있었다.

"식물이라고 응? 물만 먹어서 되겠어요? 사람도 사람을 잡아먹는 세상인데."

동욱은 나를 올려다보며 과장스런 미소를 지어보였다.

"먹기 싫으면 그만이지, 그걸 왜 거기다 버려?"

"아니에요. 애들 배고플까봐 그런 거야. 내가 조금 여리잖아요."

동욱은 손을 털며 자리에서 일어났다. 그리고는 비탈진 언덕을 종종걸음으로 내려가 주변에 떨어진 도토리를 몇 알 골라 주워들었다.

"그건 묵 쒀서 팔면 되겠는걸."

"계장님은 여기까지 와서 고작 그걸 생각했어요? 저질."

"하하. 그냥 해본 말이었어."

나는 재킷을 벗어 손에 들고 풀숲에 앉았다. 그는 언덕 아래 쭈그리고 앉아 펜을 꺼내 도토리에 뭔가를 하나씩 그려 넣었다. 스산한 바람이 목덜미를 스치고 지나간다. 나는 무릎을 끌어안고 눈을 감았다. 한동안 복잡한 생각이 머릿속을 맴돌았다. 젊은 시절 당뇨로 죽은 내 아버지의 무덤이 이 근처쯤일 텐데……

"무슨 생각을 그렇게 하세요?"

동욱이 내 앞으로 손을 내밀고 서 있었다. 그의 손바닥 위에는 도토리 네 알이 나란히 올려 있었다. 자세히 들여다보니 네 개의 도토리엔 각각 눈, 코, 입이 그려져 있었는데, 점점 입을 크게 벌려 나중에는 한바탕 하품을 하는 얼굴이었다. 나는 한참을 들여다보며 킬킬거렸다. 그는 네 개의 도토리 중에 두 알을 골라 내게 건넸다. 나는 그것을 두 손으로 받아 재킷의 안주머니에 집어넣었다.

"그러지 말고 우리 편하게 누워요. 그래야 하늘도 볼 수 있잖아."

동욱은 나를 밀치고 그 자리에 풀썩 드러누웠다. 나는 재킷을 접어 베고 그의 옆에 누웠다. 그는 팔베개를 하고 무성한 나뭇잎들 사이로 드러난 높은 하늘을 올려다보았다.

"저기 천국이 있을까? 아, 난 지옥 갈 거야. 사랑을 믿는 사람들은 다 지옥 갈 거야. 계장님은 지금 사랑하고 있나요?"

동욱은 말똥한 눈으로 나를 한번 쳐다보고는 다시 고개를 돌려 허공을 바라보았다. 그리고는 무슨 꿈을 꾸듯 들뜬 목소리로 콧노래를 흥얼거렸다. 나는 그의 허밍소리를 들으며 파란 하늘을 바라보다 그대로 눈을 감았다.

애희는 말없이 찻잔만 어루만지고 있다. 나는 손에 쥐고 있던 도토리를 도로 집어넣는다. 그녀는 내 눈을 바라보며 무슨 말인가 하려다 그만두는 눈치다. 고개를 수그리고 얇은 입술을 지그시 다물고 있는 양이 동욱과 여행을 다녀온 뒤 열흘 만에 만났을 때와 같은 모습이다. 그녀는 지금과 같은 창가 쪽에 자리를 잡고 앉아 애써 화난 표정을 감추고 있었다.

날 사랑해서 만난 게 맞아요?

그녀는 내 눈을 뚫어질 듯 쳐다보며 물었다.

사랑? 솔직히 모르겠어. 그런 건 천국에나 있겠지.

나는 그녀의 눈을 바라보며 될 수 있는 한 차갑게 대꾸했다. 그리고는 괜한 오해나 지나친 감상에 젖는 일은 좋지 않다고 타이르듯 덧붙였다. 그녀는 무릎 위에 두 손을 가지런히 모아 얹고 고개를 숙였다. 한참동안 입술을 깨물고 화를 삭이다 내게 건넨 말은 미안해요, 라는 한 마디였다.

나는 식어버린 커피를 아무 맛도 느끼지 못한 채 홀짝이고 있다. 애희는 반도 마시지 않은 커피를 남겨놓은 채 자리에서 일어난다. 얼마간 선 채로 나를 바라보다 커피숍 문을 밀고 밖으로 나간다. 뒤따라 나가 택시를 타고 가라며 이만 원을 건넸지만 그녀는 받지 않는다.

"지하철 타고 갈게요"

애희는 서둘러 걷기 시작한다. 나는 말없이 그녀의 뒤를 따라 걷는다. 애희의 발걸음이 점점 빨라진다. 나는 그녀를 따라 잰걸음을 치다 갑자기 화가 치밀어 올라 소리치고 만다.

"도대체 뭐가 문제야."

그녀는 내 외침에 걸음을 멈춘다. 잠깐 동안 그대로 서 있다 몸을 돌리더니 울음을 토해내듯 입을 연다.

"아무 일도 아녜요."

나는 그녀를 지하철역 입구까지 바래다주고 집으로 돌아왔다. 애희는 계단을 내려가며 몇 번인가 뒤를 돌아보았지만 끝내 아무 말도 하지 않고 사라졌다.

재킷을 벗어던지고 침대에 드러누워 천장을 바라보다 눈을 감는다. 잠이 오지 않는다. 무거운 몸을 일으켜 냉장고로 간다. 먹다 남은 소주를 꺼내 몇 모금 들이켠 뒤 휴대폰을 집어 든다. 애희에게 전화를 걸었지만 받지 않는다. 다시 한 번 걸어볼까 망설이다 휴대폰을 침대 위에 던져버리고 화장실로 향한다.

찬물에 세수를 하고 나와 싱크대에서 소주잔을 꺼낸다. 식탁에 팔을 괴고 앉아 남은 소주를 따라 마시는데 문득 애희 생각이 간절해진다. 침대로 가 휴대폰을 집어 든다. 액정에는 한 통의 문자 메시지가 떠 있다.

내 연락 못 받은 건 아니겠지? '시간'이 그립다면 꼭 와.

명신. 이제는 다른 남자의 아내가 된 그녀를 만나는 일이 썩 기분 좋은 일은 아니지만 울적한 날이면 가끔 그녀가 그리워지는 것은 부정할 수 없는 사실이다. 나는 기억을 더듬어 영등포역 근처 외진 구석에 자리한 모텔 '時間'을 떠올려 본다. 애희에게 한 번 더 전화를 건다. 또르르 또르르 신호음이 계속 울리지만 그녀는 받지 않는다. 나는 잔을 씻어 싱크대에 넣어두고 식탁을 정리한 뒤 밖으로 나선다.

영등포역 화장실은 언제나 지저분하다. 입구 쪽 바닥에 깔린 타일은 군데군데 뜯겨져 시멘트가 드러나 있다. 나는 시간적 여유가 있는 탓에 차를 놓고 일부러 몇 정거장을 걸어 지하철을 타고 왔다. 두 차례나 환승해 도착지에 내렸는데도 아직 한 시간이 넘게 남아 있다.

에스컬레이터를 타고 올라와 롯데백화점 입구를 통해 거리로 나왔다. 붉어진 구름 사이로 늦은 오후의 햇살이 부시게 쏟아져 내린다. 수양버들이 비바람에 휘날리듯 커다란 사람 모양의 풍선이 두 팔을 벌린 채 이리저리 휘청거린다. 새로 개업한 음식점 앞에서 미니스커트에 탑을 입은 도우미들이 춤을 추고 있다. 나는 그 앞을 지나치며 무의식적으로 휴대폰을 확인한다. 두 통의 부재중 전화가 와 있지만 모두 낯선 번호다.

횡단보도를 건너 음식점이 즐비한 블록의 인도를 따라 사거리가 나올 때까지 무작정 걷는다. 모텔 '時間'은 마지막 모퉁이를 따라 돌기 전 왼편으로 난 샛길로 접어들면 좌측 구석에 있다.

카운터로 가 예약을 확인한다. 벌써 한 여자가 와 있다는 주인의 말을 듣고 엘리베이터를 타고 4층으로 오른다. 406호 문 앞에서 휴대폰의 배터리를 빼내 주머니에 넣는다. 그리곤 느릿한 동작으로 초인종을 누른다.

"생각보다 일찍 왔네. 잘 지냈어?"

명신이 문을 열고 밝은 표정으로 나를 맞는다. 나는 고개를 끄덕이며 안으로 들어간다. 명신은 내 재킷을 받아 가지런히 접어 자신의 코트 위에 포개 놓는다. 그녀는 멀뚱히 서 있는 나를 침대 쪽으로 밀며 이야기한다.

"여길 생각해 낼 줄 몰랐지?"

"그래. 좀 놀랐어."

"며칠 전에 니 생각나서 남편하고 무심코 들렀는데 아직 있더라. 어찌나 반갑던지."

명신은 냉장고에서 캔 맥주를 꺼내 건넨다.

"마시고 있어."

가운을 챙겨 화장실로 들어가는 그녀. 나는 맥주를 들고 침대 모서리에 걸터앉는다. 새삼스레 실내를 둘러본다. 정말 오랜 시간이 흘렀는데 십 년 전과 다를 게 없다. 침대 옆에 놓인 유리테이블과 철제의자, 거울 앞에 설치된 비디오테이프를 삽입하는 플레이어와 21인치 텔레비전, 그리고 창문에 달린 커튼 대용의 여닫이문까지도 '시간'은 마치 명신과 나의 추억을 잊지 않고 온전히 보관해 온 듯하다. 나는 자리에서 일어나 창가 쪽으로 간다. 나무로 된 여닫이문을 어루만지다 활짝 열고 창밖을 내다본다.

"벌써 깜깜해졌네."

동욱이 러닝셔츠 차림으로 어두워진 창밖을 가리키며 말했다. 산에서 내려와 인근 모텔에 든 나는 각자 방을 빌리자는 그의 말을 무시하고 넓은 방을 하나 빌렸다.

"반바지가 조금 크군."

"그래서 혁대로 꼭 붙잡아 맸잖아요."

동욱은 허리끈을 만지며 웃어보였다. 나는 그의 팔을 들어 깡마른 몸에 티셔츠를 입혔다. 그는 납작한 코를 벌름거리며 시선을 어디에 두어야 할지 몰라 두리번거렸다. 어느새 창밖으로 빗방울 떨어지는 소리가 소곤소곤 들려왔다.

"난 일본으로 갈 거예요. 양자로. 그게 내가 살 길인 것 같아."

동욱은 창가 쪽으로 가며 깊은 한숨을 내쉬었다. 나는 옷가지를 정리하다 말고 지금보다 더 행복할 자신이 있냐며 목청을 높였다. 그러자 동욱은 바지주머니에 양손을 꽂고 나를 빤히 쳐다보았다.

"왜 나한테 잘 해주는 건데?"

나는 말없이 침대로 가 리모컨으로 텔레비전을 켰다. 채널을 돌릴 때마다 번들거리는 화면이 무의미하게 스쳐 지나갔다. 음악채널에 고정을 하고 볼륨을 높였다. 시끄러운 락 음악이 흘러나오는 가운데 테이블에 놓아둔 휴대폰이 온몸을 떨어댔다. 나는 자리에서 일어나 테이블로 갔다.

─어디에요?

애희의 목소리가 수화기를 통해 들려왔다. 나는 휴대폰을 쥔 채

동욱에게서 등을 돌렸다.

　-우울해요. 행복해지고 싶은데……. 나 불안하게 하지 마요.

　나는 아무 대꾸도 하지 않았다.

　-지금 당신 집이에요. 도대체 어디에요? 혹시 그 사람, 같이 있어
요?

　-그래. 오늘 못 들어가.

　나는 담담한 어조로 대답했다.

　-미쳤군요. 정말 미쳤어. 왜 날 붙잡은 거예요? 불쌍해서?

　큰소리 한 번 낼 줄 모르던 애희가 언성을 높였다. 내가 침묵하
자 계속해서 소리치던 그녀는 갑자기 태도를 바꿔 애원조로 말했다.

　-인수 씨? 화났어요? 미안해요. 무슨 말 좀 해봐요. 미안해요. 가
슴이, 가슴이 막혀요. 손이 저려서 못 견디겠어……

　배터리를 뽑아 테이블에 내려놓았다. 침대 위의 이불을 반쯤 걷
어내고 멍하니 서 있는 동욱의 팔을 잡아 앉혔다. 나는 두 손으로
그의 이마를, 뭉툭한 코를, 두 뺨을 어루만지다 와락 껴안았다. 그
는 힘없이 내 품에 안겼다. 나는 동욱의 머리칼을 움켜쥐고 얼굴을
비벼댔다. 동욱은 천천히 내 가슴을 밀어냈다. 그리고는 아무렇지
않은 표정으로 나를 바라보다 조용히 미소를 지어보였다.

　욕실에서 나온 명신은 젖은 머리를 닦고 있다. 손에 쥐고 있던
속옷을 테이블에 던져두고 화장대 앞으로 간다. 가운 차림으로 의

자에 앉아 다리를 꼬고 드라이어를 집어 든다. 구석구석 머리를 말리던 그녀는 거울에 비친 나를 바라본다.

"이상하지? 십 년이 흘렀는데도 변한 게 없네. 이런 식으로 장사 될까?"

"되니까 이렇게 남아 있겠지."

나는 침대에 누워 빈 캔을 우그려 휴지통에 던져 넣는다. 드라이를 끝낸 명신은 가운을 벗고 침대 위로 오른다. 희고 풍만한 가슴이 팔꿈치에 와 닿는다. 그녀는 내 어깨에 얼굴을 묻고 가슴을 쓰다듬는다.

"씻을게."

나는 몸을 일으킨다. 언제나 이 순간이 되면 묘한 죄책감이 밀려온다. 그것은 명신이나 그녀의 남편에 대한 죄스러움은 아니다. 그렇다고 애희를 향한 것도 아니다. 나는 자리에서 일어나 화장실로 간다. 샤워기를 틀어놓고 욕조에 물이 차오르길 기다리는 동안 하나씩 옷을 벗기 시작한다.

너랑 안 잔 지 꽤 됐지?

4년 만에 걸려온 전화에서 내뱉은 농담 같은 첫 인사. 내가 명신의 뜻과 상관없이 사법시험을 포기한 것처럼 그녀는 내 반대에도 불구하고 유학을 떠났다. 그리고 3년 뒤 그곳에서 젊은 사업가를 만나 성대한 결혼식을 올리고 다시 고국으로 돌아왔다.

나는 뜨거운 물에 몸을 풀고 밖으로 나온다. 그녀는 실내등을 끄고 알몸으로 누워 비디오에 열중하고 있다.

"무슨 영화야?"

그녀는 검지를 세워 입술에 대고 턱짓으로 화면을 가리킨다. 나는 아랫도리에 수건을 두른 채 그녀의 곁에 눕는다. 그녀는 진지한 얼굴로 영화를 보며 자신의 머리칼을 매만진다.

간호사가 직업인 한 남자는 발레를 하는 여자를 짝사랑한다. 어느 날 여자가 사고를 당해 식물인간이 된다. 남자는 그 여자의 부모를 설득해 10년 동안 곁을 지킨다. 그러나 식물인간인 그녀가 임신을 하게 되자 남자는 범인으로 몰려 구속된다. 결백을 주장하던 남자는 끝내 감옥 안에서 자살한다. 그 사이 여자는 기적적으로 깨어나게 되지만 자신에게 그렇게 극진한 사랑을 베푼 사람이 있었다는 사실은 알지 못한다.

"저런 신파는 질색이야."

명신은 내 몸에 감긴 수건을 풀어헤친 뒤 배 위로 올라온다. 그녀가 뜨거운 기운으로 몸을 더듬는 동안에도 나는 고개를 빼고 영화의 마지막 부분에 몰입한다. 그녀는 내가 연애에 집중하지 못한다며 리모컨을 조작해 비디오를 꺼버린다. 금세 텅 비어버린 화면.

우리는 씻지도 않은 채 잠이 들었다. 정오가 다 돼서야 그녀와 나는 인터폰의 벨소리에 잠에서 깼다. 우리는 간단히 세면을 끝내고 모텔 밖 주차장으로 나왔다.

"식사는 하고 가야지."

그녀는 남편에게 생일선물로 받은 독일제 중형차 앞에서 예전처럼 내 귓불을 만지며 이야기한다. 나는 고개를 젓는다.

"무슨 일 있어? 아, 애인 보기로 했구나."

그녀는 백에서 차키를 꺼내 건넨다.

"데려다 줄래?"

나는 키를 받아 차문을 열고 운전석 쪽으로 그녀의 등을 떠민다. 차에 올라탄 그녀의 손에 키를 쥐어준다.

"안 탈 거야?"

"지하철 타고 갈게."

나는 그녀에게 미소를 지어 보인다. 그녀는 시동을 걸고 나를 바라보다 애써 태연한 얼굴로 웃으며 말한다.

"이제 너랑 섹스는 못하겠다."

밤새 비가 내린 모양이다. 거리엔 온갖 종류의 쓰레기들이 나뒹굴고 움푹 패여 빗물이 고인 길바닥은 이곳저곳 웅덩이를 만들어 놓았다. 나는 맑지도 흐리지도 않은 하늘에서 쏟아지는 햇살을 등에 지고 영등포역 횡단보도 앞에 멈춰 선다. 신호가 바뀌길 기다리는 동안 내 옆으로 어린 아이의 손을 잡은 젊은 여자가 다가선다. 나는 엄마 손을 꼭 잡고 있는 곱슬머리의 아이를 보며 명신과의 흐릿한 기억을 떠올려 본다.

애 좀 봐.

부슬비가 내리는 영등포역 횡단보도 앞. 얼굴이 까만 사내아이가 우산 속으로 들어왔다. 명신은 보행신호가 들어오자 나를 밀어낸 뒤 해맑게 웃는 아이의 손을 잡고 길을 건너기 시작했다. 저 만치 떨어져 비를 맞고 있는 나를 뒤돌아보며 인상을 찡그린 채 혓바닥을 쑥 내밀어 보이던 그녀.

그 순간 뭔가 뜨거운 감정이 온몸을 뚫고 지나갔다.

그게 뭐였을까, 곰곰 생각하다 문득 휴대폰을 꺼내 든다. 배터리를 끼고 전원을 켜자 음성메시지와 함께 애희가 보낸 문자메시지가 연달아 들어온다.

'미안해요. 내가 괜히 화를 냈어요. 오늘이 내 생일인 건 알아요? 그냥 축하받고 싶었는데.'

나는 허탈한 한숨을 쏟아낸다. 나머지 메시지를 보지 않고 모두 지운다. 나도 모르게 씁쓸한 웃음이 흘러나온다. 남은 음성메시지를 지우려다 비밀번호를 누르고 귀를 기울인다.

-인수 씨, 지금 어디에요. 애희가, 애희가……

몇 차례 만난 적이 있던 애희 친구의 다급한 목소리. 순간 정신이 아득해진다. 온몸에서 힘이 빠지는데 희미한 시야로 이상한 광경이 들어온다. 횡단보도 저편으로부터 새끼 낙타가 걸어오고 있다. 커다란 눈알을 씀벅거리며 도로 한복판을 지나오고 있는 마르고 야윈 낙타 한 마리.

나 내일 떠나요.

동욱은 그 한 마디와 함께 사라졌다. 그를 찾기 위해 한국과 일본을 들고 나는 모든 비행기의 예약정보를 샅샅이 뒤졌지만 스물두 살의 채동욱이란 사내는 존재하지 않았다. 무엇 때문에 그를 하루 종일 애타게 찾아 헤맸던 걸까? 나는 왜 그가 떠나지 않길 바랐을까? 단순한 동정만은 아니었던 것이 분명한데. 아, 이런 내 자신을 도무지 이해할 수 없다.

희끗희끗 스쳐 지나가는 차들 사이로 고개를 늘어뜨린 새끼낙타가 보일 듯 말 듯하다. 나는 머리채를 흔들어 정신을 차리고 다시 바라본다. 신기루처럼 다가오는 낙타는 습기 가득한 눈으로 눈물방울을 떨어내고 있다. 아스팔트 위로 피어오르는 열기 때문인가. 흐물흐물 솟아나는 형상이 마치 황량한 사막을 가로지르고 있는 어린 낙타의 모습이다.

나는 간신히 택시를 잡아타고 병원에 도착했다. 접수처로 달려가 병실을 확인하고 층마다 멈춰서는 엘리베이터를 기다릴 수 없어 5층까지 뛰어올라간다. 숨을 헐떡이며 병실의 호수를 두리번거린다. 그녀가 있는 병실은 복도의 맨 바깥쪽 끝.

애희는 링거를 꼽고 누워 있다. 시리게 쏟아지는 햇빛 속에서 퇴색되어 가는 핏기 없는 피부가 마치 음지식물 같다. 가는 두 팔은 고사된 식물의 뿌리처럼 축 늘어져 있다. 두 팔을 뻗은 채 눈을 감고 있는 그녀의 모습은 앙상한 겨울 나뭇가지 같다. 아직 겨울이 찾아오지도 않았는데, 붉은 열매들이 소리 없이 삭고 있다.

"수면제 먹었어요. 죽고 싶어서 그랬어. 아니, 아니에요. 감기약이
야."

눈을 감은 채 마치 꿈을 꾸듯 중얼거리는 그녀. 나는 다가가 붕
대를 감은 한쪽 손목을 가만히 쓰다듬는다. 커터 칼의 손잡이 부분
을 힘주어 밀자 몸부림치듯 밀려나온 녹슨 칼날의 쇠 비린내가 금
방이라도 내 손에 묻어날 것 같다.

애희는 다친 손을 움츠리며 몸을 일으킨다. 고층빌딩 유리창에
반사되어 들어오는 햇살이 그녀의 얼굴에 음영을 드리우고 있다.
나는 얇은 이불을 가슴까지 끌어안고 앉아있는 애희를 바라보다 문
득 그녀가 내게 처음으로 전화를 했던 때를 떠올린다.

추적추적 빗방울이 떨어지는 플랫폼 처마 밑에 그녀는 앉아 있었
다. 결혼을 한 달 앞두고 파혼 당한 그녀는 우체국 은행 일을 그만
두고 이별여행을 떠나겠다고 했다. 건너편 플랫폼의 나무의자에 앉
아 배웅 나온 나를 향해 말없이 손을 흔들던 그녀. 그날 밤, 그녀는
어느 바다에 멈춰 휴대폰으로 내게 전화를 걸어왔다.

파도 소리 듣고 싶다고 했죠? 잘 들으세요

쏴아, 쏴아아 —.

애희는 고개를 돌린 채 말없이 밖을 바라보고 있다.

"천국에도 사랑이 있을까요?"

그녀는 메마른 입술을 뗀다. 유리창을 투과하여 침대 위로 쏟아

져 내리는 오후의 햇살. 그 따사로운 은빛을 온전히 온몸으로 받아
내며 지난 일을 되새김질이라도 하듯 울음 잠긴 그녀의 목울대는
소리 없이 울렁거린다.

"말해 봐요. 이렇게 가슴 아픈 게 천국에 있다고 생각해요?"

그녀는 목이 멘 듯 칼칼하고 낮은 음성으로 묻는다. 나는 그녀의
시선을 따라 밖을 내다본다. 현기증이 일어날 만큼 혼탁한 거리 위
의 마른 나뭇가지들에는 아직도 새파란 잎들이 듬성듬성 달려 있다.
나는 눈시울이 화끈거렸지만 그녀에게 무슨 말을 해야 할지 몰라
그대로 등을 돌린다. 조락하는 가을빛을 견딜 수만 있다면……

어디선가 그리운 목소리가 내 온몸을 미친 듯이 뒤흔든다.

아, 난 지옥 갈 거야. 사랑을 믿는 사람들은 다 지옥 갈 거야. 계
장님, 계장님은 지금 사랑하고 있나요?

빨간 인간

빨간 인간

화창한 어느 날 오후.

이상한 옷차림의 남자가 병원 유리문을 열고 들어왔다. 그는 밖에서 한참을 서성대며 안을 살피다 마침내 결심한 듯 문을 밀치고 들어온 것이다. 나는 점심을 시켜 해결하고 화장실에 들러 이를 닦고 나오던 참이었다. 그는 낡은 가방을 품에 안고 성큼성큼 걸어 들어와 카운터 앞에 멈춰 섰다. 간호사의 물음에 대답도 없이 얼마간 고개를 뺀 채 주위를 두리번거렸다. 어딘가 우울해 보이는 남자는 곁에 서 있는 나를 거들떠보지도 않은 채 간호사를 향해 다짜고짜 내 이름을 대는 것이었다. 그리고는 가방을 열어 원고를 꺼내 보이며 꼭 만나서 전할 말이 있다고 호들갑을 떨었다.

사실 나는 의학박사로서의 이름보다도 탐미적인 시와 소설들을 많이 써서 이름이 알려진 사람이다. 종교학 연구로서도 이 분야의

사람들에게 제법 알려져 있으며, 특히 기독교와 관련된 내 첫 장편
소설 『빨간 인간』은 아담의 원죄가 자발적인 것이었다는 나름의 해
석과 상상으로 적지 않은 논란을 불러일으킨 적이 있었다.

　『빨간 인간』은 에덴에서 쫓겨난 아담이 죄를 짓기 전 신성의 씨
앗을 품고 있는 자연의 상태로 돌아가기 위해 일종의 창조적 모험
을 하게 된다는 이야기이다. 그것은 자연의 기억을 회복하는 태초
의 인간을 만드는 일이다. 원죄를 짓고 이 세상으로 나오기 전 에덴
에서의 삶을 영위했던 인간을 복제하는 작업이다. 아담이 죄를 짓
기 이전의 인간 형상을 복제하는 일 자체를 나는 인간 원죄의 자발
적 선택으로 해석한 것이었다. 그러나 아담이 결국 에덴을 쫓겨나
이 세상에서 새로운 인간 창조를 시도하게 되는 이야기의 결말을
완성하지 못한 채 출간하였던 것이다.

　그런데 후반부 주인공 아담의 죽음 이야기를 미완성으로 처리한
구성적 결함에도 불구하고 내 첫 장편소설은 상당한 반향을 불러
일으켰다. 그로 인해 나는 의사로서가 아닌 소설가로서의 이름 석
자를 널리 알리게 되었다. 그래서일까. 그때부터 종종 이 소설의 결
말을 요구하는 독자들의 적지 않은 애원과 항의 또는 협박에 시달
리게 되었는데, 시간이 지나면 지날수록 나는 어떤 형태로든 이 이
야기를 마무리지어야한다는 강박 아닌 강박을 얻게 되었다. 이러한
내게 미지의 사람들이 환자로서가 아닌 독자로서 찾아오는 일은 흔
하지 않지만 충분히 있을 수 있는 일이었다.

나는 정체 모를 이 남자에게 흥미가 발동하여 간호사를 향해 안으로 들여도 좋다는 눈짓을 보내고는 손을 씻기 위해 다시 화장실로 향했다. 언제나 새로운 사람을 대할 때는 의사로서 직분을 다하기 위해 생긴 청결한 버릇 때문이었다. 그런데 보기와는 달리 성미가 급한 남자는 대충 상황을 파악했는지 달려와 덥석 내 어깨를 잡아채는 것이었다.

"인간의 원죄에 대해 밝히고 싶은 게 있소"

남자는 내 팔을 꽉 그러쥔 채 비교적 차분한 어투로 말을 꺼냈다. 이거 내 소설에 너무 심취해 있는 독자인가. 나는 그의 억센 손아귀에 다소 불쾌한 기분이 들었지만, 남자의 몰골을 보고 있자니 피식 헛웃음이 새어나왔다.

"난 이제야 모든 걸 깨달았소 이걸 보면 알게 될 거요."

남자는 다 닳아 너덜너덜해진 원고뭉치를 내 코앞까지 디밀었다. 다소 어이가 없어 나는 저절로 인상이 찌푸려졌지만 이내 마음을 가다듬었다. 그리고는 원고를 움켜 쥔 채 내 눈을 응시하고 있는 남자를 바라보았다. 그는 알 수 없는 두려움과 뭔가 소중한 것을 잃어버린 것 같은 슬픔이 마구 뒤섞인 듯한 눈빛을 띠고 있었다. 나는 남자의 어깨를 두어 번 두드려주는 것으로 진정을 시킨 뒤 진료실로 들여보냈다. 이 남자의 불안정한 심리상태를 생각해서 내린 결정이었다.

남자는 순순히 간호사를 따라 진료실로 들어갔다. 나는 한 차례 숨을 고른 뒤 간호사에게 별도의 지시를 내리고는 안으로 들어갔다. 어디 하나 특징 없는 평범한 인상에 도대체 나이를 가늠할 수 없을 정도로 오묘한 기운을 풍기는 남자는 크게 낙담한 얼굴로 어깨를 잔뜩 오그린 채 앉아 있었다. 나는 낮은 테이블을 사이에 두고 그와 마주 앉았다. 남자는 내가 빨리 원고를 읽어주기만 바라는 눈치였다. 안 그래도 나는 사내가 들고 있는 원고에 다소 흥미를 느끼고 있던 터라 그에게 원고를 넘기라고 손짓을 보냈다. 남자는 조심스럽게 원고뭉치를 테이블에 내려놓았다. 나는 두 팔을 뻗어 내 쪽으로 가져와 조금의 긴장과 설레는 마음의 상태로 낡은 원고의 첫 페이지를 펼쳐 들었다.

태초에 거짓말이 계시니라.*

"이것 보게. 그래, 신이 정말 자네한테 동산에 있는 모든 나무 열매를 따먹어선 안 된다고 그러던가?"

검은 구름이 지혜의 나무를 온통 뒤덮은 채 아담에게 물었다.

"아니요. 동산에 있는 나무 열매는 어떤 거든 따먹어도 된다고 그러셨어요. 다만 동산 한가운데 있는 그 나무 열매만은 따먹어선 안 된다고 하셨죠. 그 열맨 만지지도 말라고 그러셨어요."

---

* 은색 라벨이 붙은 원고의 첫 페이지에는 『빨간 인간』의 제사(epigraph) 부분이 실려 있었다. 『빨간 인간』은 인간 원죄의 자발성에 관한 증거들을 성경에서 찾아내어 허구화한 내 첫 장편소설이다. '태초에 거짓말이 계시니라'는 이 소설의 첫 장으로, 창세기 3장의 내용을 재구성한 부분이다. 이게 왜 이 남자의 원고에 실려 있는지 알 수 없었지만, 분명한 것은 이 남자가 내 열혈 독자임엔 틀림없다는 사실이다.

아담의 곁에 있던 여자가 검은 구름을 바라보며 대신 대답했다.

"하하하."

검은 구름 안에서 웃음소리가 흘러 나왔다.

"걱정하지 말게. 오히려 이 열매를 먹기만 하면 두 눈이 밝아져 지혜를 얻게 될 거야. 그렇게 되면 자각이란 게 생겨 무엇이 좋고 나쁜 일인지 분간할 수 있게 되겠지."

검은 구름은 은근한 어조로 말했다.

"그게 무슨 말이오?"

아담은 깜짝 놀라 되물었다.

"흠, 역시 인간은 어리석구나. 너흰 지금 영생을 누리고 있다지만 왜 사는지조차 모르고 있어. 무지한 상태로 선을 행하는 자각 없는 존재일 뿐이지. 자기인식이 없는 너희가 진정한 선을 알 수 있을 거라 생각하나? 무지에서 오는 선은 오직 신만이 알고 있는 절대적인 선이 아니란 걸 알아야지."

어느새 지혜의 나무를 감싸고 있던 검은 구름은 가늘고 긴 몸뚱이를 가진 뱀으로 변해 있었다. 그 뱀은 말을 마치기 무섭게 나무에서 내려왔다.

"이 열매를 먹게. 그럼 자넨 눈이 밝아져 선악을 분별할 수 있는 지혜를 얻게 될 거야."

뱀은 똬리를 틀고 아담의 눈을 노려보았다.

"그 증거로 자넨 자네의 벗은 몸을 보고 부끄러워하게 될 걸세.

하지만 너무 놀라진 말게. 그것은 인간한테도 신처럼 자아가 성립되었다는 자연스런 징표니까. 자넨 곧 진정한 선이 무언지 알게 될 거야. 선을 알게 되면 악이란 자연히 알게 되는 것이고 그렇게 되면 가끔 거짓말도 해가며 인생을 즐기게 되겠지."

"내가 당신 말을 듣는다면 영원히 죽음을 면치 못하게 될 거요."

아담은 뱀의 화려한 거죽을 바라보며 떨리는 눈빛으로 말했다.

"그렇겠지. 그렇게 되면 영생을 잃을 테니까. 하지만 난 거짓을 말할 생각은 없네. 이 점을 명심하게. 자넨 인간이야. 인간은 신처럼 될 수가 없어. 자네가 이 열매를 먹는다면 신의 말대로 지혜를 얻게 되는 대신 영생을 잃게 될 거야. 하지만 이 열매를 먹지 않고 영생을 누린다면 영원히 왜 사는지 이유도 모른 채 살아갈 수밖에 없어. 인간에겐 아무것도 의지적인 일은 일어나지 않을 것이야. 그러면 무슨 재미로 살아간단 말인가?"

"……."

"잘 생각해 보게. 자네가 신의 형상을 닮았다곤 하나 결코 신은 아니야. 인간일 뿐이지. 무엇이 자네 삶에 값하는 일인지 잘 생각해 보라구. 아, 그리고 두려워하지 말게. 날 믿어. 난 자네가 이 일로 고통을 받게 된다 해도 끝까지 곁을 지킬 테니까. 기억해 두게. 우린 갈라질 수 없는 운명이란 걸. 운명이란 말 알아듣겠나?"

뱀은 똬리를 풀고 지혜의 나무를 타고 올라가 울연한 가지 속으로 유유히 모습을 감추었다. 여자는 사라진 뱀의 흔적이라도 쫓으려는 듯 고개를 들어 망연히 올려다보았다. 여자의 눈빛이 심하게 흔들리는 듯했다. 아담은 여자의 불안한 시선을 따라 황금빛 열매들이 무성한 나무를 바라보았다. 그때 곁에 있던 여자가 무엇에 홀린 듯 나무 앞으로 나아갔다. 울창한 나무 그늘 아래 멈춰 잠시 망설이던 여자가 갑자기 아담을 향해 돌아서서 외쳤다.

"뱀의 말이 맞아요 어차피 우린 신이 될 수 없어요"

여자는 말을 마치기 무섭게 두 손을 뻗어 열매를 움켜쥐었다. 얼마간 손에 든 열매를 바라보다 한 손에 쥔 것을 아담에게 던지고는 남은 손에 있는 열매를 한 입 가득 베어 물었다. 아담은 우걱우걱 탐욕스럽게 열매를 씹고 있는 여자를 보면서 어떤 일도 헤아릴 수 없었다. 그저 지혜를 얻게 되면 새로운 삶을 누릴 수 있지 않을까 하는 생각에 쥐고 있던 열매를 덥석 베어 물었다. 그는 앞으로 닥쳐올 운명을 감지하지 못한 채 미친 듯이 열매의 씨앗까지 모두 삼켜버렸다.

성남 모란시장[*]

모란장은 단대천 복개터를 따라 약 1km가량 길게 펼쳐져 있다.

---

[*] 남자가 건넨 원고는 여기서부터 새로운 이야기가 시작되고 있었다. '성남 모란시장'이라는 소제목이 붙은 이야기와 내 첫 장편소설의 제사(epigraph) 부분인 '태초에 거짓말이 계시니라'의 내용이 어떤 관련을 갖는지는 알 수 없었지만, 아무튼 '인간의 원죄'에 대한 이 남자의 말하고자 하는 바를 알기 위해서는 이 장부터 집중하여 읽어야 할 듯싶다. 아무래도 인간의 원죄에 대한 본격적인 이야기가 이 장에서부터 시작될 것 같기 때문이다. 위의 이야기는 은색 라벨이 붙은 원고의 내용 가운데 '성남 모란시장' 부분을 요약하여 밝힌 것이다.

멀리서 보면 꼭 사람들이 운집한 연설회장 같은 착각을 일으킨다. 분당 신도시가 생기면서 모란장엔 더 많은 사람들이 찾아온다. 그곳에는 좁은 길을 중심으로 왼편에는 울긋불긋한 휘장이며 파라솔이 가득하고 오른편에는 키 낮은 건물들이 빼곡히 들어서 있다. 나는 질 좋은 진흙을 구하기 위해 한 시간째 이 길을 헤매고 있다. 이곳은 미로와 같이 복잡해 한번 길을 잃으면 어디가 어딘지 분간하기 어렵다. 나는 잔뜩 긴장한 채 주위를 둘러본다. 지난번에 들른 도기집을 찾아내기 위해 온 신경을 집중한다.

분명히 여기 어디인 것 같은데. 여기 어딘가 점토에 장석, 석영 따위를 섞어 성형, 건조해낸 도자기를 파는 집들이 몰려 있었던 것 같은데……. 영생을 잃게 될 날이 점점 다가오고 있기 때문일까. 노쇠해진 기억으론 도무지 찾을 수가 없다. 나는 다시금 주위를 둘러본다. 한약 원료를 파는 약초 가게에 몇 명의 사람들이 둘러서서 약초에 대해 얘기를 나누고 있다. 그 옆 채소 가게에는 생강, 호박, 고추, 감자, 당근, 대파들이 가지런히 놓여 있다. 공수해온 물건들을 하나라도 더 팔기 위해서일까. 주름이 가득한 늙은 사내가 날파리 같은 얼굴로 지나가는 사람들의 소매를 붙잡고 좀체 놓아주지 않고 있다. 나는 성가심을 피하기 위해 거리를 두고 떨어져 걷다 낮은 건물들 사이로 난 샛길을 향해 재빨리 몸을 옮긴다.

"여기, 이쪽으로"

하얀 수건을 목에 두른 늙은 여자가 저만치 앉아서 기다렸다는 듯 내게 손짓을 보내온다. 검은 주름이 짙게 팬 여자의 눈가에 자줏빛 얼룩이 희미하게 번져 있다.

"이걸 봐."

노파는 입가에 엷은 미소를 띠며 광주리를 덮은 비닐을 걷어낸다. 나는 호기심에 사로잡혀 슬금슬금 앞으로 다가간다.

"인절미야. 아주 맛나. 어떤 고통도 다 잊게 해줘. 먹으면 또 찾게 되지."

노파는 시원찮은 발음을 숨기려고 애써 또박또박 말을 한다. 나는 하얀 가루가 듬뿍 묻은 떡들이 가지런히 놓여 있는 것을 들여다보다 문득 핏발 선 노파의 눈을 바라본다. 노파의 오른쪽 눈동자는 나를 향하고 있지만 왼쪽은 바깥으로 비스듬히 기울어져 내 쪽을 벗어나 있다. 노파는 쭈글쭈글한 손으로 떡을 집어 든다. 나는 잠깐 망설였지만 하나쯤은 괜찮다는 듯 고개를 끄덕이며 재촉하는 탓에 어쩔 수 없이 받아든다. 떡은 생각했던 것보다 달고 맛이 있어 조금만 떼어 먹었는데도 입안 가득 침이 고인다. 나는 모든 것을 잊어버리기라도 한 듯 남은 떡을 허겁지겁 입속으로 쑤셔 넣는다. 노파는 팔짱을 낀 채 우물대고 있는 나를 물끄러미 바라보고 있다. 그런데 이상하게도 떡을 씹고 있는 동안 내 몸은 나른해지면서 졸음이 몰려오기 시작한다. 어찌된 일일까. 나는 노파의 검은 동공을 바라보다 그만 몽롱한 취기에 빠져든다.

"이게 무슨 떡이죠?"

나는 휘청거리며 희미한 시야 속으로 들어오는 노파의 자줏빛 얼룩진 눈을 바라보며 묻는다. 노파는 아무 말 없이 나를 올려다보고 있다. 이게 무슨 떡이냐고, 나는 재차 묻기 위해 노파에게 팔을 뻗어 다가서는 순간 어디선가 돌개바람이 불어 닥친다. 휘익-. 휘익-. 광주리를 덮은 비닐이 순식간에 바닥에 휩쓸려 도망가며 떡에 묻은 하얀 가루들이 공중으로 부옇게 흩날리기 시작한다. 나는 갑작스럽게 일어난 사태에 두려움을 느껴 나도 모르게 뒷걸음질 친다.

골목을 훑어내는 거센 바람은 바닥에 깔려 소용돌이치다 이내 솟구쳐 올라 내 시야를 흩뜨린다. 마치 눈보라가 휘날리는 듯한 느낌이라고 할까. 나는 그 눈보라를 피해 노파를 버려둔 채 그곳을 빠져나와 낯선 사람들과 이리저리 몸을 부딪치며 넓은 길가로 기어 나온다.

눈앞에 펼쳐진 그 넓은 길의 왼편에는 야채가게들이 늘어서 있지만, 오른편에는 종전과 달리 고층건물들이 빽빽이 들어 차 있다. 다행히 며칠 전 와봤던 길이다. 하지만 나는 그 형상이 전혀 어울리지 않는다는 생각을 또 한 차례 하며 은하수 노래방이 있는 회색건물 앞을 휘청휘청 지나친다. 그곳에서는 시끄러운 음악소리가 흘러나오고 있다. 나는 걸음을 멈추고 고개를 들어 잠시 이층 창문을 올려다본다. 안을 들여다볼 수 없는 진초록 색조 유리에 보라색 셀로판지로 된 화상과 채팅이란 글자가 두 쪽의 유리창에 각각 나뉘어 붙어 있다. 그중 마지막 글자의 받침 'ㅇ'이 조금 뜯겨 나간 것을 보고 있자니, 사흘 전 한 여자가 벌거벗은 채로 창문에서 뛰어내린 일이 떠오른다.

　모란시장을 다녀오던 날이었다. 간신히 길을 찾아 익숙한 골목으로 접어들 때였다. 어디선가 '쩡' 하고 유리창 깨지는 소리가 들려왔다. 나는 소리의 진원지를 찾아 본능적으로 고개를 틀었다. 노래방 건물 이층에서 알몸의 여자가 반쯤 열린 창문으로 뛰어내리려는 모습이 시야로 들어왔다. 여자는 검은 양복을 입은 남자(사실 남자인지 여자인지 정확히 알 수 없는 그냥 검은 형체였다)의 억센 손아귀에서 벗어나려고 안간힘을 쓰고 있었다. 검은 양복은 여자의 머리채를 붙잡고 안으로 끌어당겼다. 고개가 꺾인 여자는 끌려가지 않으려고 두 팔로 창틀을 붙잡은 채 완강히 버티고 서 있었다. 어느새 구경꾼들이 몰려들기 시작했다. 나는 그 광경을 좀 더 자세히 보기 위해 삼삼오오 무리를 지은 사람들에게 접근했다. 틈을 헤집으며 가까이 다가갔을 때 갑자기 군중 속에서 '워워' 하는 탄성이 터졌다. 그리고는 곧이어 둔탁한 소리가 '쿵' 하고 짧게 이어졌다. 나는 사람들의 등과 어깨, 팔 등을 닥치는 대로 밀쳐내고 급히 앞으로 달려 나갔다.

　알몸의 여자는 고개가 외로 틀어져 등을 보인 채 엎어져 있었다. 함몰된 두개골 주위로 새어 나오는 붉은 핏물이 시멘트 바닥을 야금야금 잠식해가고 있다. 여자의 여린 목덜미 부근에 찍힌 몇 방울의 핏자국이 내 가슴속 깊은 곳에 박혀 있던 무언가를 울렁이게 했다. 나는 목구멍이 얼어붙은 듯 어떤 말도 입 밖으로 뱉어낼 수 없어 그 자리에 망연자실 서 있었다. 사람들이 입을 다문 채 주춤주춤 물러나기 시작했다. 썰물 빠지듯 자취를 감추는 사람들 한가운데 배싹 여윈 작은 체구의 한 소녀가 이쪽을 향해 멍하니 서 있었다. 죽은 건가? 저 여자, 노래방 주인 맞지? 그런가? 근데, 저 아이는 누구지? 글쎄, 신경 끄고 그만 가세. 점점 멀어져 가는 사람들의 수군거림 속에서 소녀는 여전히 꼼짝 않고 그 자리에 서 있었다. 소녀의 창백한 얼굴에는 군데군데 피멍울이 들어 있었다. 그것은 마치 죽은 지 얼마 안 된 사람의 피부에 나타나는 자줏빛 얼룩점 같았다. 그 붉은 반점들은 소녀의 하얀 피부와 대비되어 내 시야를 어지럽히며 아찔할 정도의 현기증을 불러왔다.

나는 넋을 잃은 사람처럼 두 발을 땅 위에 박고 선 채 한동안 회색건물 앞을 떠나지 못하고 있다. 과거의 기억과 현재의 시선이 마비된 채 서로 뒤엉켜 겉돌고 있는 듯한 느낌이다. 나는 정신을 가다듬기 위해 체머리를 흔들어본다. 간신히 몸을 추스르고 다시 걸음을 옮긴다. 파란 네온사인 불빛이 뿜어져 나오는 모텔 앞을 지나 얼마를 더 걷자 고층건물 맞은편에 촘촘히 늘어서 있던 야채가게들은 사라지고 이제 높은 담장이 나타나기 시작한다. 붉은 벽돌로 이루어진 십여 미터 높이의 담장은 이쪽과 건너편 세계를 단절하는 커다란 경계선 같다. 나는 그 높게 뻗은 담을 따라 멍하니 걷기를 계속 한다. 우뚝 솟은 담벼락과 일정한 형태의 고층건물들은 여전히 이어지고 있다. 이렇게 지나친 건물이 벌써 몇 번째일까. 담을 따라 걷고 있는 동안 까맣게 잊고 있던 지난날의 일이 불현듯 떠오른다.

나는 아내와 함께 팔레스티나의 사해(死海) 근방에 있는 도시를 헤매고 있었다. 우리는 이미 폐허가 된 고모라를 지나 반나절을 걸은 뒤에야 사해의 저지대에 있는 소돔 입구에 다다를 수 있었다. 성문을 지나 마을로 이어지는 도로는 빗물과 대지의 침하로 곳곳이 잠식되어 있었다. 아내와 나는 유황 냄새가 아직 가시지 않은 건물의 잔해더미를 헤치며 한참을 돌아다녔지만 어떤 생명체의 기운도 발견할 수 없었다. 심지어 작은 새 한 마리도 보이지 않았다. 광장에는 무덤처럼 건물의 잔해들이 여기저기 쌓여 있고 온통 탄 자국이 나 있는 부러진 나무들은 애초부터 성성한 나무가 아니었던 듯한 착각을 불러 일으켰다. 아내는 조금 떨어진 곳에서 기둥만 남은 어느 건물의 막힌 지하계단을 내려다보고 있었다. 무슨 소리가 들리는 거 같아요. 나는 본채로 향하는 길이 어딘지 가늠하기 위해 사방을 살피고 있었다. 여기에요. 이리 와 봐요. 아내는 바닥에 납작 엎드린 채 무언가 캐내려는 듯 깨진 돌 틈 사이를 두리번거리고 있었다. 우리 힘으론 안 돼. 어서 여길 떠나자구. 나는 아내를 보며 재촉했다. 이 밑에서 무슨 소리가 들려온다니까요. 그러나 아내의 말이 채 끝나기도 전에 두 개의 육중한 돌기둥이 순식간에 와르르 무너져 내렸다. 안 돼!

나는 놀라 소리쳤지만 아내는 외마디 비명도 없이 돌무더기 아래 그대로 묻히고 말았다. 여보! 여보! 부옇게 피어난 흙먼지를 뚫고 달려가 잔해를 마구 파헤치며 아내의 이름을 부르짖었지만 소용없었다. 나는 미친 듯이 아내의 이름을 외쳤다. 그러나 돌무더기 안에서는 밤이 새도록 그 어떤 소리도 들려오지 않았다.

나는 고통스런 생각에서 벗어나기 위해 걸음을 재촉한다. 도기집을 찾아야겠다는 생각은 잊어버린 채 무작정 걷기만 하고 있다. 얼마나 걸었을까. 높은 담장은 여전히 이어지고 있지만 맞은편 고층 건물은 다시 낮은 상가들로 변해 있다. 여기저기 각양각색의 옷차림을 한 사람들이 지나다니고 있다. 정육점과 건강원이 불가분의 관계처럼 번갈아 늘어서 있는 이 길에 사람들은 끊임없이 모여들고 있다. 가게 앞 길가 한쪽에 진을 치고 앉아 떠들어대는 사람들의 음성이 마치 쏟아지는 폭포처럼 내 귓가에 울려온다. 나는 정신을 잃지 않기 위해 후들거리는 다리에 잔뜩 힘을 준다. 거리에는 온통 고기 익는 냄새가 진동을 한다. 사람들은 저마다 잘 익은 고기를 쌈에 얹어 한 입 가득 쑤셔 넣고 우물거린다. 그러면서도 그들은 다물어지지 않는 입으로 무슨 말인가 끝없이 떠벌리고 있다. 어떤 남자는 빈 쟁반을 들어올리며 고기를 더 달라고 고래고래 소리친다. 정육점에서 건강원으로 도살된 고기들이 끊임없이 날라지고 사람들은 마치 육식을 즐기는 맹수처럼 계속해서 먹어치운다. 그들의 끝없는 식욕을 바라보자 갑자기 초조해지기 시작한다. 나는 이곳을 빨리 벗어나야 한다는 생각을 하며 걸음에 속도를 붙인다. 그러나 몇 발짝 못 가서 그만 빈 술병을 밟고 허공 속으로 미끄러진다.

"어디 다친 모양이지?"

입안에 든 고기를 질겅질겅 씹고 있는 사내의 얼굴이 희미한 시야로 들어온다. 나는 몸을 일으켜 옷에 묻은 먼지를 털어낸다. 허리와 뒤통수 쪽으로 뻐근한 진통이 밀려온다.

"얼 나간 놈 같으니."

사내는 경멸하는 눈빛으로 나를 쳐다본다. 나는 사내의 따가운 눈길을 피하기 위해 욱신거리는 몸을 끌고 서둘러 걸음을 뗀다. 주위를 벗어나 한참을 걷고 있는 동안 사람들의 모습이 차츰차츰 뜸해진다. 정육점과 건강원이 사라지고 인적이 완전히 끊기자 안도의 한숨이 한 차례 나도 모르게 흘러나왔지만, 이내 서서히 불안이 밀려오기 시작한다. 그러나 그럴수록 더욱 걸음에 속도를 붙여야한다는 생각이 강하게 솟구친다. 나는 계속해서 걸음에 박차를 가한다. 한 삼십여 미터쯤 걸었을까. 나는 붉은 할로겐 빛이 쏟아져 내리는 가로등이 서 있는 건물의 오른쪽 모퉁이를 따라 돌아선다. 사람들은 보이지 않지만 얼마를 그대로 걸어 나가자 다행히도 높은 담은 조금씩 낮아져 간다. 이윽고 담 너머 멀리 있는 건물의 불빛들이 이곳까지 비춰오며 그 형체가 모습을 드러낸다. 이제 담은 완전히 낮아지고 교회의 십자가 탑이 시야에 들어온다. 나는 그제야 안도의 한숨을 깊이 몰아 내쉰다. 탑 꼭대기에서 뿜어내는 은은한 십자가 불빛은 점점 밝아지면서 담 저편의 거리를 걷고 있는 사람들의 모습까지 환하게 드러낸다. 익숙한 광경을 발견한 탓에 긴장이 풀린 걸까, 아니면 인도에 세워진 허름한 포장마차를 발견한 때문일까. 심한 허기가 밀려온다.

"이런 데서 누가 우유 파나?"

포장마차 안으로 들어온 내가 따뜻한 우유 한 잔을 주문하자 몸집이 큰 여주인이 주위를 둘러보며 반문한다.

"아, 있잖아. 당신이랑 하고 싶단 거겠지."

조금 떨어진 곳에 앉아 있는 머리가 반쯤 벗겨진 사내가 내 쪽을 힐끗거리며 대꾸한다.

"입 닥치고 술이나 드셔."

여주인은 그를 향해 소리치며 내 앞으로 시키지도 않은 소주 한 병을 거칠게 내려놓는다. 나는 잠시 머뭇거리다 대머리 사내의 술잔을 바라보고는 이내 잔을 채워 단숨에 들이킨다. 빈속이라 그런지 뜨거운 기운이 식도를 타고 확 솟구친다. 쿨럭쿨럭. 기도의 점막이 자극을 받은 탓에 기침을 쏟아낸다. 잠시 호흡을 가다듬은 나는 이상한 눈빛으로 내 쪽을 힐끔거리는 사내들을 의식하고는 마시지도 못하는 술을 연속해서 몇 잔 더 들이킨다. 가슴속 어디선가 불길이 몇 번 솟구쳐 오르더니 이내 숨이 가빠오며 정신이 흐릿해진다. 그런데 이상하게도 사내들의 떠들어대는 말은 또렷하게 귓속을 파고든다. 근데, 씨팔, 헐값이라고 싼 맛에 병신이랑 했더니만 어째 근질근질한 게 영 찝찝하네. 이런, 늦는다더니 거기 들렀다 오는 길인가? 오늘 가면 볼 수 있다기에 그랬지. 그런 데가 정말 있긴 있는 모양이지? 그렇더라고 나도 처음이라서 어리둥절하긴 했지. 사람하곤, 아무리 싼 게 비지떡이라고 해도 그렇지. 비위도 좋구면. 제길, 아무럼 어떤가? 단 돈 오천 원에 살겠다고 아등바등 구는데 불쌍해서 그리 해줬지. 그렇다고 뭐, 아래가 다른 것도 아니고. 아, 젖통이 없으면 아래로 하고 아래가 없으면 입으로라도 때워야 하지 않겠어? 지가 병신인데, 그러고라도 살아야지 어쩔 거야!

　사내의 말을 듣고 있자니 소돔에서의 일이 떠오른다. 그곳에서 나는 비록 무너진 건물의 잔해더미밖에 보지 못했지만 아내의 말대로 신의 무서운 심판이 있었기에 선과 악을 분별하는 지혜의 힘을 의심할 수 없었다. 오히려 아내를 잃음으로써 내게 영생이 없음을, 언젠가는 나도 죽게 될 것임을 재확인했을 뿐이었다. 그런데 이게 무슨 말일까. 소돔이, 소돔에서 퍼져나간 일화들이 모두 사실이었단 말인가. 지금 이곳에서 소돔에서의 일들이 재현되고 있기라도 한단 말인가. 나는 사내의 말을 듣지 않은 걸로 하기 위해 연거푸 술을 들이킨다. 그러나 사내의 말은 자꾸 내 귓가에 악착같이 달라붙어 청신경을 괴롭힌다. 병신이 살기 위해 제 몸뚱이 굴린다는데, 가진 게 그것뿐이라는데, 누가 손가락질 할 거야!

　나는 남은 술을 아예 병째로 목구멍에 쏟아 붓는다. 술기운 때문인지 온몸에 열이 오른다. 술에 취해 떠들어대는 사내의 말이 여전히 귓가를 맴돌고 있다. 나는 더 이상 견딜 수 없어 몸을 벌떡 일으킨다. 주머니 속에 있는 돈을 모두 꺼내 던져버리고 그곳을 서둘러 빠져 나온다. 주체할 수 없이 흐느적거리는 몸을 이끌고 거리의 한복판을 가로질러 내달린다. 힘껏, 더 힘껏 내달린다. 더 이상 아무 생각도 할 수 없을 만큼 미친 듯이 내달린다. 내 의식은 오랜 세월을 지나온 화석처럼 단단히 굳어져 가고 있는 느낌이 든다. 아아. 나는 무섭게 속도를 내어 어딘가를 향해 계속해서 내달린다. 숨이 턱턱 막혀오자 온몸의 힘이 풀리기 시작한다. 갑자기 눈앞으로 새카만 어둠이 밀려온다. 칠흑 같은 검은 어둠이……

빨간 인간

나는 원고를 내려놓았다. 한 차례 숨을 고른 뒤 남자의 얼굴을 넌지시 바라보았다. 그는 무표정한 얼굴로 나를 응시하고 있었다. 나는 무슨 말인가 꺼내려다 내려놓은 원고로 다시 눈을 돌렸다. 아담과 그의 아내가 겪은 이야기라……

뱀의 꼬임에 빠져 지혜의 나무 열매를 먹고 난 뒤 선과 악을 판별하는 지혜를 얻긴 했지만, 신과의 약속대로 영생을 잃고 에덴에서 쫓겨날 수밖에 없었다. 그런데 결국 신의 말처럼 소돔에서 아내를 잃었고 자신도 언젠가는 죽게 될 운명이다. 영생을 잃었기 때문에 영원히 살 수 없다는 사실은 이제 진실이 되어버렸다. 그런데 소돔과 고모라에서 겪은 일들을 지켜보며 인간들이 저지른 악행에 대한 신의 심판을 보았다. 그곳에서 일어난 아내의 죽음을 우연한 사고로 생각했지만, 그러한 사고 역시 죽음을 불러오는 계기로서 자신에게 더 이상 영생이 없다는 사실을 깨닫게 된 것이다. 그렇게 세월이 흐르고 자신이 살고 있는 이곳까지 오게 되었는데, 여기의 현실 또한 지난 세월 소돔에서와 다를 바 없었다. 선과 악의 구별을 깨달을 수 있기에, 그렇기에 자신은 결국 이곳에서 영생을 잃게 되고 말 것이다. 다시 신에게로 돌아가기 위해 자신의 존재는 어떤 모습이 되어야 하는 것일까.

지금까지 내가 읽은 원고의 대략적인 내용이었다. 나는 이 남자의 원고를 받아들었을 때 왠지 내 첫 미완의 장편소설인 『빨간 인간』의 후반부를 이제야 완성할 수 있겠다는 생각이 들었다. 아담의 죽음 이야기가 어떻게 전개될지 이 원고를 통해 실마리를 얻을 수 있지 않을까 하는 적지 않은 기대감이 들었기 때문이다. 그런데 실망스럽게도 이 남자가 건넨 원고의 이야기는 모두 사실을 바탕으로 한 기록이라고 말했지만, 원고를 읽어보니 이것은 기록물도 아니요, 그렇다고 자신이 직접 체험한 사실을 형상화한 자전적 소설도 아니었다. 이 남자의 이야기는 그저 누군가에게 전해들은 것을 자신의 미천한 상상력을 덧보태어 줄거리로 전개한 그냥 단지 글에 지나지 않았다. 더욱이 원고의 내용은 둘째 치고 거칠고 경직된 문장 때문에 뒤로 갈수록 문장 자체를 읽어나가는 것조차 힘들고 짜증이 치밀 정도였다.

"종교소설을 쓰고 계신 것 같은데 잘되길 바라겠소"

나는 원고의 나머지 부분을 더 읽어볼 생각도 없이 도로 남자의 앞쪽으로 원고를 밀어놓고 자리에서 일어났다. 더 이상 시간을 낭비할 필요가 없었기 때문이다.

"난 있는 그대로 기록했을 뿐이오"

남자는 담담한 표정으로 나를 올려다보았다. 나는 뭐가 됐든 한 편의 글을 읽은 데 대하여 감사하다는 표시로 살짝 고갯짓을 한 뒤 문 앞으로 가 문고리를 쥐었다. 그러자 그는 두 손을 깍지 끼어 공손히 무릎에 내려놓고 나직이 읊조렸다.

"당신 소설 그럴싸했어. 뱀이 떠든 말이 거짓은 아니었으니까. 하지만 인간의 원죄가 자발적이었단 건 뭘 모르고 하는 소릴 테지."

남자는 뜻밖에도 내 소설에 대하여 나름의 도전을 가해왔다. 그러고 보니 깊이 생각한 게 아니었는데, 그가 건넨 원고에는 내 소설의 서두 부분이 함께 실려 있었다. 어째서 자신의 소설에 내 글을 인용했는지 뒤늦게 의아심이 생겼다. 나는 책상 앞으로 가 커피 한 잔을 따라 그에게 건네며 도로 자리에 앉았다. 그는 잔을 들어 한 모금 입술을 적신 뒤 말을 이었다.

"뱀의 말을 들은 건 내 실수였소 그 말이 진실이든 거짓이든 간에 지혜의 열매가 가져다 준 결과는 내가 감당할 수 있는 게 아니었으니까. 그것은 차라리 고통이었소. 뱀은 이런 내 운명을 분명히 알고 있었겠지만……."

남자는 무슨 말을 더 하려다 이내 말꼬리를 흐뜨렸다. 그가 보여준 원고와 그것에 관한 자신의 이야기는 나름대로 일리가 있었다. 하지만 그럼에도 불구하고 그의 언행을 신뢰할 수는 없었다. 직접적으로 밝히지 않았지만, 결과적으로 그는 자신이 아담이라는 말도 안 되는 주장을 하고 있었기 때문이다. 설령 그러한 점을 억지로 인정한다고 해도(원고의 내용을 소설이 아닌 기록으로 받아들인다 해도) 그의 체험들은 그리 충격적으로 받아들일 만한 일이 아니었다. 내가 모란시장에서 가까운 모란역 근처로 이사와 병원을 운영한 지 정말 헤아릴 수 없을 만큼의 세월이 흘렀다. 흔히 말해 강산이 말할 수 없을 만큼 변할 정도의 긴 시간이었는데도 불구하고 세파에 민감한 나는 그가 겪은 일들에 대해 전혀 들은 바가 없었다. 설령, 이곳에서 그러한 일이 실제로 벌어지고 있다고 해도, 터무니없이 싼 값에 몸을 파는 장애인 매춘의 이야기는 온갖 성적 놀음을 펼쳐대는 미아리 텍사스의 변태쇼와 견주어 그리 놀라울 게 없는 것이었다. 요즘 세상에 이러한 사건들이 어디 엽기적인 가십거리 축에라도 낄 수 있겠는가. 나는 이런 시답잖은 글을 내게 보여준 남자의 저의가 의심스러웠다.

아무래도 원고의 내용을 바탕으로 추측하건대, 이 남자는 침거증

후군 내지 자아분열을 앓고 있는 정신병력의 환자일 듯싶었다. 코쿤(Cocoon)의 부류에 해당하는 자들은 현실공간에서 자신의 실체와 가상공간에서 아바타의 존재를 혼동하는 현상을 보인다. 현실공간에서의 대인관계를 불편해하고 어색해하며 사회성이 지극히 떨어지는 경향을 보이는데, 이러한 자들에게서 볼 수 있는 게 바로 가상의 세계 속에 자신을 상징하는 대상물을 설정하려 한다는 것이다. 그는 자신이 만든 허구의 세계 속에 존재하는 아담과 현실에 실재하는 자신을 혼동하고 있었다. 뿐만 아니라 허구의 세계에서조차 두 얼굴의 모습을 보이고 있었다. 그것은 뒤에 가면 밝혀지게 되겠지만.

"물론 허구의 세계라고 해서 질서 없이 형성된 세계는 아니오 진실을 진실 되게 하는 것도 거짓이 있기 때문에 가능한 게 아니겠소? 내가 러시아의 유명한 소설 얘기를 하나 해주겠소 어느 날 주인공이 이자를 받는 것 외엔 별로 할 일이 없는 전당포 노파를 죽이게 되오. 그는 죄의식에 사로잡혀 괴로워하게 되는데, 마음 착한 매춘부를 만나 그녀의 구원으로 시베리아 유형지로 떠나게 된다는 이야기요. 어때, 그럴싸하지 않소? 근데, 그 소설이 나온 지 일주일 뒤에 모스크바에서 비슷한 사건이 발생했다는 거요. 허구적인 세계가 얼마나 사실적이었으면 현실에서도 그 비슷한 사건이 일어났겠소? 하지만 생각해 보쇼. 모스크바에서 살인사건이 일어났다고 해서 소설 속의 세계와 현실이 같다고 말할 수 있겠소?"

나는 이 남자가 최대한 자신이 처한 현실을 인지할 수 있도록 차근차근 설명해주었다. 그리고 그러한 처지를 심각하게 받아들이지 않도록 하기 위해 가벼운 농담 한 마디를 덧붙였다.

"이 검은 양복, 어떻소? 나도 당신의 소설 속에 등장하는 인물 같지 않소?"

"그만 둬요. 난 미치지 않았으니까."

남자는 낮은 어조로 대답했다. 그리고는 찻잔의 손잡이를 잡아 한 바퀴 빙 돌려 제자리에 놓더니, 천천히 말을 이었다.

"모란시장에서의 일은 모두 사실이오. 난 내 살에서 비롯된 어린 생명들이 어떻게 살고 있는지 똑똑히 보았소. 그 때문에, 결국 내가 꿈꾸던 모종의 실험이 소용없다는 걸 깨달았지만 말이요."

남자의 이마 아래로 검은 수심이 드리워졌다. 나는 그가 심각한 상태에서 벗어날 수 있도록 가벼운 충격을 줄 필요가 있었다.

"당신 말이 진실인지 아닌지는 소녀를 만나보면 알 수 있겠군. 아니지, 그 실험. 진흙덩이에 선의지를 불어넣으면 움직일 수 있다는, 신성의 씨앗이란 걸 보여줄 수 있겠소?"

남자는 아무 대꾸 없이 가만히 내 눈을 노려보았다. 나는 그의 심적 변화를 읽기 위해 따가운 눈빛을 피하지 않았다. 그런데 그때였다. 갑자기 그가 스프링처럼 몸을 벌떡 솟구치더니 나를 향해 와락 덤벼들었다.

"네 놈이다!"

남자는 내 멱살을 틀어쥐었다. 나는 당황했지만 놀란 기색을 드러내지 않으려고 애썼다. 그는 자기 욕구가 만족되지 못할 때 직선적으로 요구하지 못하고 삐뚤어지고 음성적인 반항을 보이는 피동공격성 인격장애를 보이고 있다. 이럴 때는 태연하게 그의 말에 동의하여 심리적 동조자가 되어 주어야 한다.

"난 신성의 씨앗에 대해 말한 적 없어."

남자는 내 목울대를 움켜쥔 상태에서 다른 한 손으로 입을 막았다. 그는 자신의 흥분된 상태를 가라앉혀 줄 기회를 내게서 박탈한 것이다. 전혀 예상할 수 없던 일이었다. 나는 숨이 막혀 도대체 입을 열 수 없었다. 목을 파고드는 날카로운 손톱에서 살기가 느껴졌다. 열린 동공을 보니 이미 제정신이 아니었다. 나는 그의 몸뚱이에 깔려 소파 깊숙이 처박힌 채 허둥대다 혼신의 힘을 다해 간신히 입을 막은 손을 뿌리쳤다. 가, 간호사! 다급한 소리침에 간호사 두 명이 허겁지겁 안으로 뛰어 들어왔다. 그들은 나와 엉켜 있는 남자의 어깨를 양쪽에서 잡아 끌어냈다. 어찌나 저항하는 완력이 대단하던지 한참의 실랑이 끝에야 찰거머리처럼 달라붙은 그를 떼어낼 수 있었다.

나는 그를 문밖으로 몰아낸 뒤 잠긴 유리문을 사이에 두고 얼마 동안 마주 바라보았다. 분노로 가득 찬 눈빛과 벌겋게 상기된 얼굴은 이상하게도 흉측한 짐승의 것이라기보다 한 마리 힘없는 순진한 양의 것이었다. 그런 그의 모습은 왠지 측은한 생각마저 들게 했다.

하지만 그는 매우 위험한 상황을 초래할 수 있는 환자임을 잊어서는 안 된다. 현실에서 취업이나 학업 등 다양한 실패와 좌절의 경험이 그를 폐쇄된 공간으로 몰아넣었고, 오랜 칩거생활은 현실과 가상의 공간을 혼동하게 만들었을 뿐만 아니라, 피동공격성 인격장애까지 더하게 하여 어떤 행동을 저지를지 알 수 없었다.

자신의 이름이 아담이라니……

더군다나 에덴동산에서 쫓겨나 이 세상에 내려온 뒤 지금까지 생계수단으로 삼았던 직업이 소설가라니, 확실히 그는 미친놈이다.

나는 남자가 연행되는 과정을 지켜본 뒤 문을 열고 사건을 처리해줄 경사를 안으로 맞았다. 남자의 신분과 현재 상태를 자세히 설명하며 격리를 요할 정도로 중한 증세를 앓고 있음을 덧붙였다. 하지만 그가 창조하려 했던 피조물에 대해서는 언급하지 않았다. 어찌됐든 그는 결코 신이 될 수 없으니까.

펜을 꺼내 몇 자 기록하는 둥 마는 둥 한 경사는 웃는 얼굴로 인사를 건네고 밖으로 나갔다. 타다다닥-. 급하게 계단을 뛰어 내려가는 소리가 바닥을 울리며 유리문을 투과해 전해져 왔다. 나는 복도로 나가 건물 밖에 세워둔 경찰차가 출발하는 것을 지켜보았다. 그제야 빗장뼈 위로 목덜미까지 쓰린 아픔이 전달되어 왔다. 슬슬 신경질이 나기 시작했지만 꾹 참고 안으로 들어왔다.

카운터에 앉아있는 간호사 한 명이 내 눈치를 살피고 있었다. 나는 별일 아니라는 듯 넥타이를 바로잡으며 진료실로 들어갔다. 여기저기 테이블과 바닥에 원고들이 흩어져 있었다. 나는 테이블 위에 놓인 또 다른 원고뭉치 하나를 집어 들고 책상 앞으로 갔다. 바지주머니에서 열쇠를 꺼내 서랍을 열고 원고를 집어넣고 단단히 잠가둔 뒤 밖을 향해 소리쳤다. 김 간호사!

그녀는 기다렸다는 듯이 안으로 뛰어 들어왔다. 나는 멀뚱하게 서 있는 그녀를 보는 대신 바닥에 흩어진 원고를 인상 쓰듯 바라보다 담담한 어조로 지시했다.

"이 쓰레기들, 모두 모아서 태워버리도록."

성남 모란 시장, 의식의 기록*

굳게 닫혀있던 덮개가 열리자, 오랫동안 지속되던 어둠이 사라지고 칼날 같은 형광 빛이 온몸을 쑤시고 들어온다. 실눈을 뜬 채 주위를 살핀다. 그는 열린 덮개를 창가 쪽으로 옮기고 있다. 방안은 여전히 혼돈 그 자체다. 바닥엔 이름을 알 수 없는 짐승가죽이 여기저기 널려져 있고 고사된 식물이 늘어져 있는가 하면 살아있는 곤

---

* 사실 진료실에서 남자가 건넨 원고 뭉치는 두 개였다. 앞서 은색 라벨이 붙은 원고의 내용과는 다소 상이하지만, 같은 제목에 '의식의 기록'이라는 말이 추가된 또 다른 이야기를 담고 있는 원고가 하나 더 있었다. 도대체 성남 모란시장의 이야기가 어쨌다는 건지……. 아무튼 나는 남자를 정신병원으로 보내고 난 뒤 『빨간 인간』의 결말 부분을 어떻게 처리해야 할지 몰라 한참을 고민했다. 그런데 이상하게도 그 남자가 건넨 또 다른 원고의 내용이 도움이 된 것일까? 사회에서 격리가 요구될 만큼 위험한 남자를 병원에 송치한 날로부터 며칠이 흐른 뒤 나는 이제야 내 첫 장편소설의 마무리를 어떻게 결론지어야 할지 마음의 결정을 내릴 수 있게 되었다. 『빨간 인간』의 결말을 당장 여기서 밝히지는 않겠지만, 대신 또 다른 하나의 원고 '성남 모란시장, 의식의 기록'을 요약하여 밝혀두는 것으로, 내 소설에 관심을 갖고 있는 독자들의 갈증을 조금이나마 풀어주고자 한다.

충이 떼를 지어 공중을 날아다니고 있다. 그는 한 손으로 허공을 휘휘 내저으며 책상 위에 놓여 있는 물이 가득 담긴 투명한 잔을 들고 온다. 얇은 금빛의 테두리에 화려한 문양이 새겨진 잔은 물을 담는 용기라고 하기엔 너무 위엄 있어 보인다. 그는 그 잔을 넓지만 깊이는 얕은, 관인지 아닌지 알 수 없는 직육면체의 널 앞에 조심스럽게 내려놓는다. 그리고는 양쪽 모퉁이에 놓여있는 양초에 불을 붙이고 향을 피운다. 매운 연기가 관 쪽으로 흘러들어 양가죽을 덮은 몸을 휘감는다.

그는 잔에 담긴 물을 양손에 적신 뒤 양가죽을 들추고 온몸을 구석구석 문지르며 주문을 외듯 중얼거린다. 그의 표정은 마치 신성한 제단에 제를 올리는 대제사장처럼 사뭇 엄숙하다. 그는 구해온 진흙덩이를 한 점씩 한 점씩 정성스럽게 떼어내 골고루 덧바른다. 어린아이의 잠투정을 달래듯 그의 손놀림은 부드러우면서도 조심스럽다. 남은 진흙을 모두 처리하고 나자 다시 양가죽으로 몸을 덮는다. 그의 옷은 땀으로 인해 흥건하게 젖어 있다. 그는 모든 제식(祭式)을 끝마쳤는지 힘겨운 숨을 몰아쉰 뒤 이내 방을 나간다.

한 달 전 그는 자신의 갈비뼈를 떼어내 머리와 몸을 만들고 의식을 불어 넣었다. 머리와 몸이 숨을 쉬고 두 눈과 귀가 제대로 기능할 수 있게 된 뒤 처음으로 인식한 대상은 바로 책상 앞에 앉아 있는 그였다. 그는 성남 모란시장 근처에 있는 낡은 연립주택 지하방에 살고 있었다. 그가 살고 있는 이 주택은 시장과 가까운 거리에 있는 게 사실이지만 정확한 위치는 알 수 없었다. 이곳은 미로와 같이 복잡해 길을 찾아다니기란 정말 쉬운 일이 아니었다. 그 때문에 그는 외출했다 돌아오기까지 많은 시간을 허비해야 했다. 그나마 집을 쉽게 찾아올 수 있는 날은, 집 근처에 있는 교회의 종소리가 울릴 때뿐이었다. 그래서 그는 일부러 교회의 저녁 종소리가 울리는 날을 골라 다녀오곤 했다. 오늘도 그는 완성되지 않은 몸의 왼쪽 다리 때문에 모란시장 장터에 다녀왔을 확률이 높다.

얼마 뒤 그는 은색라벨이 붙은 원고뭉치를 들고 들어온다. 허리를 구부려 잠시 내 몸을 살피더니, 이내 문 옆에 놓인 천장에 닿을 듯한 높이의 책꽂이에서 『카톤다서』를 꺼내 책상 앞으로 간다.

이 저서는 1706년 스위든 볼그가 쓴 신과 인간의 소통 방법에 관한 이론서이다. 이 책에서 스위든 볼그는 신과 교통하기 위해서는 육체와 영혼을 지닌 에덴의 인간이 필요하다고 주장한다. 신적 인간은 정신, 육체, 영혼으로 이루어져 있다. 선과 악을 알게 하는 지혜의 열매를 먹기 전에 에덴의 인간은 육체와 영혼을 지니고 있었다. 그러나 신과의 약속을 어기고 죄를 짓고 에덴에서 쫓겨난 인간은 선과 악을 구분하는 의식을 얻은 대신 영혼을 잃게 되었다. 신과 교통하기 위해서는 영혼이 있어야 한다. 영혼을 얻기 위해서는 신성의 씨앗이 필요한데, 이는 죄를 짓기 전 에덴의 인간에게만 깃들어 있는 고유한 그 무엇이다. 스위든 볼그는 이 세상의 인간은 신과의 약속을 파기한 원죄를 지었기에 영혼을 잃었다고 보았던 것이다.

영혼이 없는 육체는 영생이 없기에 유한할 수밖에 없고 영혼이 배제된 인간은 자연히 약육강식의 논리에 따를 수밖에 없다는 것이 이 책의 대강의 내용이었다.

그는 책장을 넘기며 문득문득 생각이 떠오를 때마다 펜을 들고 무언가 기록한다. 적고 지우고 다시 적고 그러다 찢어내고 하기를 여러 차례 반복한다. 원고의 내용을 정확히 알 수 없지만, 그는 시장을 다녀와 제의를 치르고 나면 자신의 체험을 상세히 기록하는 습관이 있었으므로 어느 정도 짐작은 할 수 있다. 그것은 모란시장에서 겪은 일을 정리한 내용일 것이다. 그것은 틀림없다. 그는 그곳에서 일어나는 일들에 대해 예사롭지 않게 생각하고 있는 게 분명하니까. 사실 믿거나 말거나 한 것임에도 불구하고

기록을 마쳤는지 그는 원고를 서랍 속에 넣고 열쇠로 잠근다. 그리고는 몸을 돌려 관 쪽으로 와 곁에 놓여 있는 유리잔을 집어 든다. 형광 빛에 비춰진 투명한 잔은 짧은 순간 오색의 영롱한 빛을 발산한다. 얼마간 그는 이상한 기운이 감도는 잔을 바라보다 그것을 책상 위에 내려놓고는 덮개를 끌어와 관을 덮는다. 다시 이 공간은 깜깜한 어둠으로 변해버린다. 잠시 뒤 현관문 닫히는 소리가 관속까지 희미하게 울려온다. 철커덕—.

부슬부슬 흩뿌리는 안개비를 맞으며 그는 어스레한 골목의 내리막을 걷고 있다. 의식은 그에게 들키지 않기 위해 양가죽의 옷을 얼굴까지 덮어 쓴 채 일정한 간격을 유지하도록 명령한다. 그가 어디

를 향해 가고 있는지 짐작이 갔지만 그래도 놓칠 수 없기에 불편한 왼쪽 다리를 질질 끌다시피 하며 뒤를 쫓고 있다. 그는 걷고 있는 동안 가끔씩 뒤를 힐끔거렸지만 별다른 기색은 내보이지 않는다. 누군가 쫓고 있다는 사실을 아직 깨닫지 못하고 있는 것 같다.

어느새 비가 그친 모양이다. 하늘의 검은 기운이 점점 사그라지고 있다. 예상대로 그가 도착한 곳은 가끔씩 찾아갔던 포장마차다. 그는 슬쩍 주위를 살피고는 발을 들추고 안으로 들어간다. 그러나 생각할 겨를도 없이, 얼마 되지도 않아 밖으로 나온 그를 본다. 도대체 이렇게 짧은 시간동안 저 안에서 무슨 얘기를 나눈 것일까. 그는 차도를 가로질러 건너편 골목으로 급하게 뛰어 들어간다. 포장마차로 향하려던 몸은 그를 놓치지 않기 위해 방향을 선회할 수밖에 없다.

비에 젖어 문드러진 왼쪽 다리를 부여잡고 그의 흔적을 쫓아 차도를 건넌다. 그러나 빽빽이 들어찬 낮은 건물들 사이로 난 샛길로 접어들 무렵 순간 몸은 숨을 곳을 찾을 수밖에 없다. 시야에서 그리 멀지 않은 곳에 그와 낯선 여자가 함께 서 있었기 때문이다. 의식은 그에게 들키지 않기 위해 몸을 숨겨야 한다고 명령한다. 몸은 가까운 건물의 입구 옆 튀어나온 기둥에 바짝 붙어 선다. 그는 길 한복판에서 제법 몸집이 난 사십 중반 가량의 여자에게 한쪽 팔꿈치를 붙잡힌 채 우두커니 서 있다. 그게 뭐야? 꽤 비싸 보이는데? 여자는 그의 손에 들린 잔을 힐끔거린다. 왜 말이 없어? 흥, 이래 뵈도 나

잘나갔던 모델 출신이야. 젠장, 기분이다. 나랑 놀러 가자. 얼마 안 받을 테니까 걱정하지 마. 오천 원? 오천 원, 좋아? 어떤 년은 더 비싸게 부르지? 다 똑같은 병신주제에. 뭐, 자긴 여성임을 확인하려고 그 짓하는 거라고? 미친년들. 그게 다 더 받아 처먹으려는 수작이지, 핑계지 뭐야? 이걸 봐. 이러고도 그런 욕심이 생겨? 낡은 블라우스를 턱밑까지 끌어올린 여자는 움푹 파인 젖가슴을 내민다. 이것 보라구. 이건 당신 같은 자식 낳아주느라 생긴 영광의 상처야, 씨팔. 여자는 쉴 틈 없이 떠벌리면서 그의 지갑이 있을 만한 가슴께를 노려보고 있다. 불쌍한 생명. 그의 입에서 흘러나온 말이 들릴 듯 말 듯 내 의식을 건드린다. 그는 모든 것을 포기한 사람처럼 음울한 얼굴로 여자에게 붙들려 어디론가 힘없이 끌려간다.

잿빛 건물의 어두침침한 지하 주차장에서 그는 비틀비틀 걸어 나오고 있다. 거리로 나온 그는 얼빠진 사람처럼 무표정한 얼굴로 주변을 한 차례 휘 둘러보고는 천천히 걸음을 옮긴다. 그의 일거수일투족에 집중하고 있던 의식은 문득 그의 손에 들려있던 잔이 사라졌음을 깨닫는다. 그는 양손을 늘어뜨린 채 힘없이 걷고 있을 뿐이다.

몸은 그가 나온 건물의 지하 입구를 바라보며 재빨리 이동한다. 분명히 잔은 그곳에 있을 것이다. 그가 어디쯤 가고 있는지 확인한 뒤 길을 건너기 위해 다리에 힘을 준다. 그때다. 누군가 젖은 몸의 어깨를 휙 잡아챈다. 그냥 갈 거야? 강한 손아귀에 눌려 고개가 자동으로 돌아간다. 한쪽 다리가 잘린 여자가 목발을 짚은 채 양가죽에 가려진 얼굴과 몸을 이리저리 살피며 이죽거린다. 하고 가야지.

의식은 고개를 흔들라고 명령한다. 여자에게서 등을 돌리며 걸음을 떼기 위해 다리에 힘을 준다. 그러자 여자는 짓무른 오른팔을 꽉 틀어쥐고 소리친다. 하고 가. 형언할 수 없는 고통이 밀려온다. 의식은 고개를 흔들어 거부하라고 하지만 소용없다. 어딜 가려고? 하고 가. 여자는 필사적이다. 여자의 눈에는 죽음 앞에 직면한 사람만이 가질 수 있는 생명의 간절함이 어려 있다. 의식은 여자의 손아귀를 뿌리치기 위해 팔을 휘두르라고 명령한다. 그러나 두 팔을 휘젓기도 전에 여자의 무서운 기세에 눌려 중심을 잃고 머리까지 덮어썼던 양가죽을 그만 땅바닥에 떨어뜨리고 만다. 흐악! 여자가 소리를 내지른다. 여자는 비 때문에 문드러진 얼굴을 본 것이다. 이게 뭐야! 아악-.

여자의 재차 질러대는 비명에 놀라 몸은 주위를 거칠게 둘러본다. 진흙이 문드러져 흘러내린 눈이 짧은 순간 그의 눈과 마주친다. 이런-. 그는 한 발짝도 움직이지 않고 한길에 서서 이쪽을 바라보고 있던 것이다. 의식은 어찌할 줄 몰라 허둥댄다. 그러나 뜻밖에도 그는 태연하게 등을 돌리고는 아무렇지 않다는 듯이 다시금 걸음을 옮긴다.

그는 상체를 반쯤 수그린 자세로 일정한 속도를 내며 계속해서 걷고 있다. 완보에 가깝던 발놀림이 어느 순간 점점 빨라지기 시작한다. 미행을 눈치 챈 것일까. 그는 후미진 골목에서 불쑥 튀어나와 소매를 잡는 불구의 여자들을 단호히 밀쳐내며 될 수 있는 한 인적이 드문 쪽으로 길을 재촉한다. 의식은 그를 놓치면 안 된다는 명령을 내린다. 다리에 잔뜩 힘을 주고 그를 쫓는다. 보이지 않는 경합 속에서 쫓고 쫓김을 반복한다. 그러나 이 치열한 경합은 그의 갑작스런 정지로 인해 끝이 난다. 갑자기 왜 걸음을 멈춘 것일까. 그는 저만치 골목의 막다른 곳에 서서 우두커니 어디론가 시선을 보내고 있다.

그의 시선이 멈춘 곳에 여러 명의 소녀들이 보인다. 허물어진 담벼락 아래 얇은 옷을 걸친 어린 소녀들이 웅크리고 앉아 무언가를 먹고 있다. 오물거리는 소녀들의 입가에는 저마다 하얀 가루들이 묻어 있다. 소녀들은 자신을 바라보고 서 있는 그를 향해 일제히 고개를 쳐들고 뭐라고 중얼거린다. 그는 굳은 자세로 소녀들을 바라보다 천천히 무리 가운데로 나아가 한 소녀 앞에 멈춰 선다.

"날 기억할 수 있겠어요?"

소녀는 무릎을 끌어안은 채 고개를 끄덕인다. 어슴푸레한 사위에 얼마간 정적이 흐른다.

"그 여자, 내 엄마가 맞아요"

소녀가 먼저 침묵을 깨뜨린다.

"노래방 주인이 아니라 계산일을 보는 직원이에요. 그곳 주인은

195

따로 있어요. 검은 양복이라고 불리는 사장님이죠"

소녀는 잠시 주저하다 말을 잇는다.

"그를 본 사람은 아무도 없어요. 나만 빼고요. 실은 나도 뒷모습만 봤을 뿐이지만……. 아무튼 엄만 그곳에서 사장님의 지시라면 모든 걸 다 했어요. 몸을 팔라고 하면 몸도 팔았어요. 왜 그랬는지 모르지만 정말 순종적이었어요"

소녀는 긴 한숨을 내쉰다. 그는 아무 말 없이 소녀를 바라보고 있다.

"근데 엄마가 변하기 시작했어요. 엄만 그게 내 탓이라고 했어요. 내가 다 컸기 때문에 더 이상 사장님의 요구를 들어줄 수 없다고 했어요. 그래서 죽음을 선택한 거예요"

소녀는 저만치 서 있는 가로등의 백열 불빛을 아련히 바라보다 입을 뗀다.

"하지만 난 이해할 수 없어요. 내가 사장님 방으로 불려갔다 돌아올 때면 엄만 안절부절 못했어요. 어쩔 땐 이유 없이 내 뺨을 수차례 때리기도 했어요. 그곳에서 난 아무 일도 한 게 없는데 말이에요. 난 단지 사장님 침대에 누워 잠만 자고 왔을 뿐이었는데……"

소녀는 다시 고개를 숙이고 말이 없다. 그는 여전히 아무 말 없이 소녀를 바라보고 있다. 잠시 뒤 소녀가 무슨 생각이 떠오른 것인지 결연한 표정으로 그를 바라보며 입을 연다.

"아마 그때 딱 한 번 사장님의 벗은 모습을 봤던 거 같아요. 온몸이 푸른 비단처럼 알록달록했는데, 왠지 무섭다는 생각이 들었어요 하지만 곧 잠이 들어버려 아무것도 기억나지 않아요 근데 엄만 내가 그곳에서 돌아올 때면 그런 말을 했어요 사장님은 내가 태어나는 걸 원치 않아 한다고 그 증거가 바로 이 상처라고 임신 중인 상태에서 자신에게 고문을 해 생긴 이 상처라고요 그러면서 엄만 절단된 한쪽 가슴을 내게 내밀어보이곤 했어요 이런 상처가 생기도록 끝까지 나를 낳기 위해 어떤 고통도 견뎌냈다면서요"

소녀는 말을 멈추더니 흐느끼기 시작한다. 그는 조용히 손을 뻗어 소녀의 이마를 어루만진다. 소녀는 울먹거리다 다시 말을 잇는다.

"그런 말을 들을 땐 왠지 눈물이 핑 돌았어요 근데 그 말을 믿을 수 없어요 엄만 내게 언제나 신경질적이었으니까요."

소녀는 힘없이 고개를 떨어뜨린다. 잠시 생각에 잠긴 듯 골몰한 표정을 짓고 있다 이내 무언가 북받쳐 오르는 듯 떨리는 목소리로 목청을 높인다.

"엄만 숨이 끊어지기 전에 내게 이런 말을 했어요 모진 고문을 견디고 나를 낳았을 때 제일 먼저 좋아한 사람이 사장님이라고 그는 내가 남자가 아닌 걸 알고 무척이나 기뻐했대요 그러면서 엄마한테 그런 말을 했대요 이제부터 송아지 장사로 나서야겠다고 송아지 장사 말이에요."

소녀는 넋이 나간 사람처럼 멍하니 서 있는 그에게 울먹이는 목소리로 소리친다.

"난 사장님이 키우는 송아지에요. 우린 이곳을 벗어날 수 없어요. 만일 그랬다간 엄마처럼 되고 말 거예요"

소녀의 두 눈에서 희미한 눈물이 흘러내린다. 그는 하얀 떡을 야금야금 떼어먹고 있는 소녀들을 차례로 둘러본다. 입가에는 부연 가루가 번져 있고 창백한 안색의 양볼 언저리에는 자줏빛 반점들이 얼룩덜룩 박혀 있다. 그는 소녀들에게서 주춤주춤 물러나 뒷걸음질 친다. 이들이 정말 내 아픈 뼈를 통해 태어난 살점들이란 말인가. 그는 혼잣말로 중얼대며 고통스러운 듯 신음을 토해낸다. 이들에게 또 다시 심판을 내리게 할 순 없어. 이건 모두 내 잘못이야. 그는 절규하듯 소리치며 뒤돌아선다. 그의 얼굴이 뭐라고 설명할 수 없을 만큼 어둡고 복잡해 보인다.

의식은 실의에 빠진 그와 마주치지 않기 위해 양가죽을 덮어쓰라고 명령한다. 그는 비틀비틀 이쪽을 향해 걸어온다. 몸은 본능적으로 그의 시선을 피해 등을 돌린다. 그는 휘청거리며 곁을 스쳐 지나간다. 벌어진 양가죽 사이로 들어오는 허탈한 그의 뒷모습을 지켜볼 수밖에 없다. 그는 정신을 잃은 사람처럼 쓰러질 듯 말 듯 위태로운 걸음을 걷고 있다. 어디로 가려는 것일까. 이번에도 의식은 그를 놓쳐서는 안 된다고 명령한다. 몸은 다리에 힘을 주고 다시 움직이려 한다. 그러나 갑자기 온몸에서 생기가 빠져나가며 그를 쫓아 뒤돌아선 두 다리가 맥없이 꺾여버린다. 이게 어찌된 일인가. 몸은 그 자리에 그대로 털썩 고꾸라진다. 시야에서 그의 모습이 점점 멀어져 간다. 그를 놓치지 않기 위해 일어나려고 안간힘을 써보지만 젖은 몸은 뜻대로 움직여주질 않는다. 정말, 이게 어찌된 일인가. 몸부림치면 칠수록 온몸에서 힘이 빠진다. 머리를 움켜쥔 그의 뒷모습이 자욱한 안개에 휩싸여 간다.

도대체 저 안개는 어디서 생겨난 것일까. 눈에 보이는 저 안개는 그를 둘러싸고 있는 것일까, 아니면 혼미한 의식 때문일까. 사력을 다해 흩어지는 초점을 끌어 모아보지만 소용이 없다. 그는 골목 끝 아득한 안개 속으로, 아니 희미하게 꺼져 가는 의식 속으로 점점 사라져가고 있다. 의식은 이 순간이 영원한 안식이 되지 않기를 바랄 뿐이다. 지금 이 순간 이곳에서 의식의 기록이 멈추지 않기를……

무덤을 맴도는 이유

무덤을 맴도는 이유

나는 알 수가 없다. 내가 자꾸 무덤 곁에 오게 되는 이유를. 언제부터 이 막막한 시간을 거슬러 안개 속에 몸을 숨긴 채 무덤 곁에 누워 있는지 알 수가 없다. 비가 내린다. 추적추적 내리는 비를 온몸에 맞으며 주위를 둘러본다. 먼 시야로 빗물에 흔들리는 나뭇가지들이 희미하게 보이고 그 아래 녹색의 무덤들이 층층이 계단을 이루어 내 앞으로 올라오고 있다. 바로 곁에 짙은 녹색의 풀들로 뒤덮인 무덤 하나가 놓여 있다. 빗물에 씻긴 풀의 진한 향기가 흙냄새와 뒤섞여 코를 찌른다. 그 냄새에 취해 이곳에 오게 된 이유를 잊고 있다가 이내 정신을 차려 기억을 더듬는다.

나는 오늘 신촌역 근처의 한 카페에서 아미를 만나기로 했다. 그러나 그녀는 약속시간을 30분이나 넘기고도 나타나지 않았다. 나는 카페 안의 창가 쪽 가장 외진 곳에 자리를 잡고 앉았다. 창밖을 내다보며 그녀가 오기만을 기다렸다. 안에서 내다본 바깥 풍경은 흐릿했다. 무언가 턱 막힌 듯한 침침한 날씨에 거리를 지나는 사람들도 얼마 되지 않았다. 나는 지루한 나머지 손목시계를 내려다보다 차라리 일어설까 하는 마음에 무심코 카운터를 바라봤다. 언제 들어왔는지 그녀는 가벼운 비를 맞은 것처럼 촉촉이 젖은 머리를 어깨까지 늘어뜨리고 카운터 옆 한쪽에 서 있었다. '어느새 비가 왔던 걸까'라는 생각을 하면서 손을 흔들어 내 쪽을 알렸다. 그녀는 젖은 머리칼을 한 손으로 쓸어 넘기며 자리로 와 앉았다. 나는 그녀에게 손수건을 건네며 창밖을 내다봤다. 그제야 거리 위로 희끗희끗 빗방울이 듣기 시작했다.

"사랑한다고 말해줄 수 있어?"

한 번도 사랑이란 말을 입에 담아본 적 없었던 그녀가 철제 테이블 위에 올려진 투명한 유리판을 응시하며 대뜸 물어왔다. 나는 잠시 망설이다 입을 여는 대신 어렵게 토해내듯 한 차례 고개를 끄덕였다.

"아니, 아닐 거야."

그녀는 고개를 가로저었다. 나는 그녀의 태도에 할 말을 잊었다. 나 역시 그러한 사실을 수긍할 수밖에 없어서 그런 걸까. 핏기 없는 그녀의 얼굴을 바라보고 있는 동안 어떤 변명도 떠올릴 수 없었다.

"기억나? 내가 왜 글을 쓰냐고 물었을 때 머뭇거리면서 한 말. 상처, 상처 때문이라고 그때 나, 이 사람이라면 날 이해해 줄 수 있겠구나 하고 생각했어."

그녀는 두 손을 가지런히 모아 테이블 위에 올려놓았다.

"하지만 이제 깨달았어. 당신이 말한 그 상처가 만들어놓은 인간 관계가 뭔지. 나도 그 대상 중에 하나였던 거야."

"그건 오해야."

"오해?"

그녀는 내 눈을 빤히 쳐다봤다. 나는 그녀의 차가운 시선에 고개를 들 수 없었다.

"나도 그러길 바랄 뿐이야."

그녀는 손수건을 치우며 자리에서 일어났다. 나는 아무 말도 하지 못하고 내 쪽으로 밀쳐진 손수건을 멍하니 바라봤다. 그녀는 등을 돌리고 서서 나직이 읊조리듯 말을 건넸다. 떠나면서 남긴 그녀의 말이 긴 여운처럼 귓가에 아른거렸다.

"당신은 지금 그 여자만으로도 충분해. 그 여자 사랑해? 말 안 해도 알 거 같아. 잘 있어."

사람들이 옅은 안개를 뚫고 무덤을 찾아 올라오고 있다. 베이지색 면바지에 허름한 재킷을 걸친 한 남자가 우산을 쓰고 내 쪽으로 걸어온다. 나는 혹시 그가 이 근처에 있는 무덤의 주인일지 모른다는 생각에 젖은 몸을 일으킨다. 아무렇게나 휩쓸린 곱슬머리의 남자는 바로 내 옆에 있는 무덤가에 멈춰 선다. 그는 나를 한 번 힐끔

처다보고는 이내 우산을 접고 고개를 숙인다. 남자의 왼쪽으로 잘 다듬어진 묘비가 서 있다. '사랑하는 아내'라고 새겨진 글귀를 보며 나는 오늘 내게서 떠난 아미를 떠올린다.

"도진 오빠를 아세요?"

갈색머리를 길게 늘어뜨린 그녀는 하얀 건반 위에 손을 얹은 채 몸을 틀어 나를 바라봤다. 여기저기서 소곡집을 떠듬거리는 아이들의 건반소리가 시끄럽게 울려댔다. 나는 삼면의 벽으로 한 대씩 피아노가 놓여 있는 실내를 천천히 둘러보고는 고개를 끄덕였다. 그녀는 자리에서 일어나 아이들에게 간단한 지시를 내린 뒤 작은 방으로 나를 안내했다.

"저도 아직……."

찻잔을 내 앞으로 밀어놓은 그녀는 도진의 행방을 묻는 질문을 받고 적잖이 실망스런 눈빛이었다. 그녀는 아직 도진의 소식을 모르고 있는 모양이었다. 나는 고개 숙인 그녀의 얼굴을 가만히 바라봤다. 쌍꺼풀 없는 가느다란 눈매와 엷은 입술이 도진을 닮아 있었다.

"여길 찾아오는데 참 애먹었습니다. 동생이 있단 사실은 몰랐거든요."

나는 커피에 각설탕을 하나 집어넣으며 말을 건넸다.

"친동생은 아니에요."

"그럼?"

"그냥, 사촌 동생이에요."

그녀는 불룩한 아랫배를 쓰다듬으며 낯선 웃음을 지어 보였다. 그녀의 입가에서 아주 잠시 도진의 차가운 미소가 스치고 지나갔다.

"근데, 무슨 일로 도진 오빠를 만나려고 하세요?"

"……."

나는 대꾸할 말을 잃었다. 내가 이곳을 찾아 온 이유는 도진의 행방을 알기 위해서가 아니라, 그가 말하지 않았던 배 다른 여동생이 대체 누군지 만나보기 위해서였다. 도진이 어느 모텔 방에서 자신이 입고 있던 바지를 벗어 스스로 목을 맨 사실을 그녀도 알고 있는지 확인하기 위함이었다.

"부탁 받은 일이 있어서요. 언제쯤 연락이 될까요?"

나는 겨우 궁색한 말을 내뱉고는 커피를 한 모금 들이켰다.

"글쎄요. 어딜 좀 멀리 다녀온다고만 해서……."

그녀는 그늘이 드리워진 얼굴로 내 눈을 지그시 바라봤다. 나는 도진을 떠올리게 하는 그녀의 새카만 눈동자를 본 순간 그녀를 품에 안고 싶은 갑작스런 욕정을 느꼈다. 가늘게 째진 살짝 올라간 눈꼬리로 넋을 잃은 듯 무언가 바라보고 있을 때면 검은 동공에서 이상한 빛을 내뿜던 도진의 창백한 얼굴이 그녀의 모습 위로 실루엣처럼 겹쳐졌다. 나는 미지근한 커피를 꿀꺽꿀꺽 마시며 솟아오르는 욕정을 억누르는 데 온 신경의 초점을 맞춰야 했다. 도진의 죽음에 대해서는 당분간 함구한 채 그녀를 지켜보는 쪽이 낫겠다는 생각이 들었다.

비가 그친 모양이다. 곱슬머리의 남자가 쪼그리고 앉아 손수건으로 묘비를 닦고 있다. 나는 그 자리에 우두커니 멈춰 서서 비문의 홈에 낀 먼지를 훑어내고 있는 그를 바라본다. 남자는 정성껏 묘비를 닦는 동안에도 이따금씩 내 쪽을 힐끔거린다. 나는 그의 시선을 피해 무덤 뒤쪽으로 가 등을 돌리고 앉는다. 축축한 습기가 온몸으로 스며든다. 나는 왜 아미를 놓아주지 못하는 걸까. 연민 때문일까. 아니면 내가 모르는 그녀를 향한 사랑이 가슴 한구석 어딘가에 숨어 있기라도 한 걸까. 도진의 죽음을 어렵게 토해낸 뒤부터 그녀와 나는 그에 대한 공통의 추억거리를 갖는 것만으로도 서로 위로가 되었다. 나는 그녀를 바라보며 문득문득 도진을 대하는 착각까지 일으켰다. 그녀 또한 극진하게 대하는 내 태도를 보며 어느 정도 의지하는 듯했다. 하지만 이제 내겐 그녀를 감싸 안을 만한 어떤 당위나 자격 따위는 주어질 수 없다. 그녀는 내가 줄곧 그녀에게 잠자리를 요구하면서도 그녀가 아닌 다른 여자와 관계를 맺은 사실을 알고 있었기 때문이다.

"한잔 더 하고 가요. 가는 길도 같은데."
술집을 나오며 성희의 취기 어린 목소리가 나를 붙들었다. 나는 도진의 흔적을 쫓기 위해 취직을 핑계로 아미를 따라 그가 전에 일했다는 출판대행사를 찾아갔었다. 15평 규모의 작은 회사를 운영하고 있는 성희라는 이름의 여자는 도진을 기억하고 있었다.

"아, 그렇지. 아미 씨가 있었군요. 내가 그 생각을 못했네."

여자는 은근한 눈빛으로 나를 바라봤다. 난감해진 나는 아미를 쳐다봤다. 아미는 조금 떨어진 곳에 서서 팔짱을 낀 채 애써 외면하고 있었다.

"아미 씨, 누가 이런 능력 없는 사람 글을 읽어주겠어요? 나 같은 사람이라도 있으니까, 그래도 펜대 굴리며 사는 거지. 안 그래요?"

여자는 히죽거리며 나를 밀쳐냈다.

"그럼, 잘 가요 두 분."

여자는 비틀거리며 택시를 잡기 위해 차도 쪽으로 걸어갔다. 나는 우두커니 서서 아미를 바라봤다.

"같이 가. 저렇게 취했는데. 방향도 같다면서."

아미는 나를 쳐다보지도 않고 말하면서 여자보다 먼저 택시를 향해 뛰어갔다. 나는 뒤늦게 따라가 문을 열어주며 연락하겠다고 말했지만, 아미는 아무 대꾸도 없이 차에 올랐다.

"나 때문에 싸운 거예요?"

술에 취한 여자가 멀어지는 택시를 보며 내게 물었다. 나는 여자의 말에 아랑곳없이 차도에 서서 택시가 오기만을 기다렸다.

"조금만 걸어요. 머리가 아파서 지금은 못 타겠어."

여자는 내 어깨를 잡아당기며 말했다. 나는 하는 수 없이 인도로 올라섰다. 그러자 여자는 기다렸다는 듯 덥석 내 팔을 껴안고 걷기 시작했다.

"그러니까, 도진에 대해서 알고 싶다 이거죠?"

"……."

나는 입을 굳게 다물고 여자가 이끄는 대로 발을 옮겼다. 길가엔 현란한 네온사인 간판들이 오색 창연한 불빛을 날름대고 있었다. 여자는 고층건물들이 밀집한 좁은 골목 쪽으로 걸음을 재촉했다.

"그 사람 아주 매력적이었어요. 잠자리에선 특히."

여자는 웃음기 어린 목소리로 말하며 걸음을 멈췄다. 여자가 내게서 팔짱을 풀고 선 곳은 모텔 앞이었다.

"성희 씨."

나는 깜짝 놀라 여자를 쳐다봤다. 그러자 여자는 이해할 수 없다는 표정으로 나를 보며 말했다.

"난 당신을 사랑하지 않아요. 그건 당신도 마찬가지고. 그럼, 지금부터 서로 솔직해지기만 하면 되는 거 아닌가?"

여자는 주저 없이 모텔 안으로 들어갔다. 나는 잠시 망설였지만 무엇인가 알 수 없는 힘에 이끌려 여자를 뒤따랐다. 아니, 솔직히 말하자면 그동안 참아왔던 내 본능이 아미가 모를 거라는 생각 아래 한순간 폭발한 것 같았다.

"불 끄지 말아요."

여자는 창가에 서서 옷을 벗고 있었다. 눈부신 형광 빛 속에 드러난 여자의 알몸은 잔인할 정도로 아름다웠다.

"이제 당신 차례예요. 내가 잘 볼 수 있도록 천천히 벗어요. 네, 아주 천천히."

여자는 침대 위에 거꾸로 누우며 말했다. 나는 조심스럽게 옷을 벗고 여자에게 다가가 누웠다. 여자는 무엇인가 각인이라도 하듯 내 몸을 샅샅이 훑어보며 어루만졌다.

"뜻밖이군요. 당신을 통해서 그 사람 얘기를 듣게 되다니."

여자는 내 몸 위로 올라와 가벼운 키스를 건네고는 말을 이었다.

"아마, 2년 전이었죠. 여기 일이 그렇듯이, 그 사람 딱 6개월 버티고 그만뒀어요. 잡글이나 대신 써준다는 게 대부분 작가를 꿈꾸는 사람들한텐 무척 자존심 상하는 일 아니겠어요? 더욱이 화려하게 등단까지 한 사람한테는."

"도진이 일을 그만둔 건 그 때문이 아닙니다."

나는 여자가 보다 솔직해지길 기대하며 그녀의 눈을 가만히 응시했다.

"그렇다면요?"

"당신이 그 해답을 알고 있을 텐데요."

나는 내 가슴에 올려진 여자의 오른 손목을 쳐다봤다. 하얀 피부 위에 붉은 지네 모양의 칼자국이 사선으로 거칠게 그어져 있었다.

"그 사람이 나에 대해 무슨 말을 하던가요?"

여자는 피식 웃음을 흘리며 물었다. 나는 천천히 숨을 고르고는 입을 열었다.

"어떤 말도 하지 않았습니다. 그는 죽었으니까요."

나는 도진과 이 여자가 어떤 관계였는지 직접 여자의 입을 통해 듣고 싶었다. 아니, 그보다는 이 여자가 알고 있는 도진은 과연 어떤 사람이었는지 자세히 알고 싶었다. 여자는 잠시 무표정한 얼굴로 나를 바라봤다. 그러더니 이내 내 몸에서 내려와 말없이 천장을 바라보고 누웠다.

"그 사람 웃겼어요. 처음 회사에 들어온 날부터 내게 추파를 던지더군요. 내가 다른 남자의 소유물이란 사실을 참을 수 없다면서. 그렇게 끈질긴 사람은 처음이었어요. 내가 별거 중이란 사실을 알아서 그랬을 수도 있겠지만. 암튼, 두 달을 넘도록 필사적으로 매달리더군요."

여자는 모로 누워 정색한 표정으로 나를 바라봤다.

"근데, 참 이상한 사람이었어요. 둘 다 술에 취해 어느 모텔에 든 날 밤이었는데, 내 옷을 다 벗겨놓고는 갑자기 자기 성기가 흉물스럽다며 무슨 냄새가 나지 않냐고 소란을 피워대는 거예요. 그러더니 밖으로 나가 뭔가를 만들어왔죠. 따뜻하고 향이 좋은 액체였는데, 그것을 무슨 신성한 제의를 치르는 사람처럼 내 성기에 정성껏 발라주었어요."

나는 언젠가 도진이 재스민 꽃에서 추출한 엑기스를 은근한 불에 데워와 창문을 활짝 열어놓고 앉아 팔과 다리에 바르던 장면이 떠올랐다.

"나쁘지 않았어요. 그 부드러운 손길이……."

여자는 내 손을 잡아 자신의 가슴으로 가져갔다. 나는 여자가 원하는 대로 천천히 그녀의 몸을 파고들었다. 여자는 엷은 숨을 몰아쉬면서도 내 몸에서 시선을 떼지 않았다. 그때 테이블 위에 놓아둔 휴대폰이 울렸다. 나는 무의식적으로 소리가 나는 쪽을 향해 고개를 돌렸다.

"받지 말아요. 그냥 이렇게 있어요."

여자는 두 팔로 내 몸을 있는 힘껏 감싸 안았다. 나는 왠지 꺼림칙했지만 아미의 전화가 아니길 바라며 다시 몸을 움직였다. 그러나 금방 끊길 것 같던 벨은 계속해서 울렸다. 나는 서서히 불안해지기 시작했다. 하지만 그럴수록 더욱 격렬한 몸짓으로 저항했다. 내가 어떻게 그렇게 할 수 있겠어? 좀 기다려주면 안 돼? 아미는 어렵게 꺼낸 내 잠자리요구를 번번이 거절했다. 나는 안 될 것을 알면서도 끓어오르는 성욕을 잠재우기 위해 사랑을 운운했다. 그럴 때마다 아미는 울면서 도진의 아이를 들먹였다. 오빠를 잊을 때까지만 기다려 줄 수 없어? 난 모든 걸 잃었잖아. 그게 말이나 돼? 넌 어차피 도진의 아이를 낳을 수가 없어. 너야말로 날 이해해줘야 되는 거 아냐? 나는 아미의 얼굴을 부여잡고 흐려진 동공을 바라보며 소리쳤다. 도진은 이미 죽었어! 신경질적으로 울려대는 벨소리 속에서 가속으로 치닫는 섹스가 육체의 탐닉이 아니라 마치 살기 위한 생존의 몸부림이라는 생각이 들었다. 나는 두 눈을 질끈 감고 여자의 온몸을 미친 듯이 헤집었다. 그러나 벨소리가 갑자기 뚝하고 끊어짐과 동시에 비명처럼 찾아온 정적은 더 이상 나를 여자의 몸 안에 머물 수 없게 했다.

어느새 안개가 걷히고 빛이 든다. 나는 그 빛을 피해 무덤을 빠져 나온다. 언덕을 내려오며 길을 오르는 사람들과 마주친다. 잠시 옆으로 비켜선다. 그들이 지나가기를 기다리며 주위를 둘러본다. 이곳은 여전히 드문드문 사람들이 찾아온다. 그들은 저마다 사연 얽힌 무덤에서 기도를 하거나 풀을 뽑기도 하고 더러는 챙겨온 도시락을 나눠 먹는다. 마치 몇 장의 필름이 입력되어 쏟아지는 영사처럼 반복된 장면들이 되풀이된다. 한동안 나는 그 건조한 광경을 바라보다 묘지입구를 빠져 나온다.

정류장에 도착할 무렵 나는 육교의 마지막 계단에서 움직임 없는 한 마리 새를 발견한다. 진한 회색빛 깃털이 바람에 흔들린다. 나는 가만히 다가가 고개를 수그린다. 이상하게도 전혀 움직임이 없는 새는 어디에도 부패된 흔적을 찾을 수가 없다. 마치 정교하게 박제된 한 마리 비둘기 같다. 나는 왠지 만지고 싶은 충동이 일어 손을 뻗는다. 순간 죽었다고 생각되던 것이 불쑥 살아 날개를 파닥이며 날아오른다. 나는 그만 흠칫 놀라 계단에서 넘어진다. 죽은 줄만 알았던 새는 육교 위를 날아올라 묘지가 있는 숲을 향해 펄펄 날아간다. 제기랄. 죽었다고 생각되던 것이 불쑥 살아 움직일 때 밀려온 소름 같은 공포는 아직도 온몸을 전율케 한다. 나는 그 새가 누워 있던 자리를 바라보다 발목을 절뚝거리며 계단을 내려선다. 난간을 잡고 사라져버린 새의 흔적을 쫓아 먼 곳까지 시선을 보낸다. 그러나 내 시야는 사라진 새를 쫓고 있지만 실상 머릿속은 복잡한 생각으로 인해 허공을 맴돌고 있다.

"그래요. 날 찾아올 거라 생각했어요."

성희는 술에 취한 나를 안으로 부축하며 말했다. 내가 어떻게 해서 거기까지 찾아갔는지 알 수 없었다. 솔직히 술에 취한 건지 취한 척 했던 건지 기억나지 않았다. 단지 기억나는 것은 내가 집 안으로 들어서자마자 여자의 옷을 강제로 벗겨냈다는 것이었다. 나는 여자의 속옷을 벗겨내며 다른 어떤 생각도 할 수 없었다. 그저 일을 치르고 난 뒤 여자의 침대 위에 눕자 비로소 내가 무슨 말을 내뱉었는지 어렴풋이 떠오를 뿐이었다.

"당신이 알던 그 사람은 날 사랑했어. 내 말 무슨 뜻인지 알아? 내가 진짜 곽도진이 사랑한 사람이라구."

이튿날 아침, 나는 침대 위에 누워 있는 벌거벗은 내 몸을 보고 심한 모멸과 절망에 빠졌다. 창가에 서서 나를 바라보고 있던 여자의 입가에 알 듯 말 듯 야릇한 미소가 배어 있었다. 나는 황급히 널린 옷을 주워 입고 현관을 빠져 나왔다. 갈 곳을 잃고 한동안 복도의 외벽에 기대 있었지만 여자는 뒤따라 나오지 않았다. 내가 이 여자를 찾게 될 줄이야. 나는 아파트 단지 안에 있는 놀이터를 배회하다 어찌할 줄 몰라 휴대폰을 꺼내 아미의 번호를 눌렀다. 긴 불안의 기다림 속에, 아미는 세 통째 만에 잠긴 목소리로 전화를 받았다.

"날 좀 만나줄래?"

나는 간절한 구원을 기다리듯 애원했다. 아미는 거기서 봐, 라는 짧은 말로 모든 것을 대신했다. 그 순간 나는 그녀와 자주 갔던 신촌역 근처의 한 카페를 머릿속에 떠올렸다.

언제부턴지 아미는 약속시간을 훨씬 지나서야 오곤 했다. 나는 카페의 입구 근처를 서성이며 30분을 넘게 기다렸다. 도대체 오긴 오는 걸까. 서서히 불안에 휩싸일 무렵 그녀는 하얀 원피스 차림으로 나타났다. 나는 그녀를 본 순간 다른 어떤 말도 하지 않은 채 그녀의 손목을 덥석 잡고 걷기 시작했다. 강하게 반항하리라는 내 생각과는 달리 그녀는 순순히 끌려왔다. 나는 그녀를 끌고 모텔이 밀집한 언덕을 넘었다. 그녀는 아무 말도 하지 않고 그저 앞만 주시하며 뒤따랐다.

"벗어."

벌건 대낮에 그녀를 끌고 모텔 안까지 들어온 용기도 가상한데, 내 입에선 이런 말까지 튀어나왔다. 침대 모서리에 걸터앉은 그녀는 나를 물끄러미 올려다봤다. 그러더니 일어나 옷을 벗기 시작했다. 파스너를 풀자 원피스가 힘없이 흘러내렸다. 그녀는 뒤로 돌아

서서 브래지어를 풀었다. 느리지도 빠르지도 않은 속도로 팬티를 벗어 내렸다. 나는 그녀의 벗은 뒷모습을 주시하며 실내등을 켰다. 그녀는 침대 위로 올라가 조심스럽게 몸을 눕혔다. 눈부신 형광 불빛 속에서 처음으로 그녀의 우윳빛 알몸을 보자 두려움이 엄습했다.

더 이상 우린 만날 필요 없어. 도진은 푸른빛이 감도는 헝클어진 앞머리를 쓸어 올리며 말했다. 멍청하긴. 놀란 표정 짓지 마. 그만 만나잔 얘기야. 나는 주섬주섬 옷을 챙겨 입는 그를 향해 애원했다. 그게 무슨 말이야? 갑자기 나한테 왜 그래? 그 이유를 꼭 말해야 알아들어? 그는 옷을 다 입고는 예의 그 차가운 눈동자로 나를 내려다봤다. 얼마간 그렇게 서 있다 등을 돌리고는 한 마디 툭 내뱉었다. 아미한테 아이가 생겼어. 나는 도진의 말에 멍하니 그의 뒷모습을 바라봤다. 그때 그가 말한 아이가 정말 아미의 아이였을까……. 나는 옷을 벗고 침대 위로 올라가 그녀의 알몸을 정성스럽게 어루만졌다. 내 감정을 들켜서는 안 된다고 속으로 다짐하며 있는 힘껏 몸을 움직였다. 으음. 그녀는 인상을 찌푸리며 입을 다물었다. 그럴수록 나는 온몸에 더욱 힘을 주었다. 그러나 그녀의 마른 봉오리는 좀처럼 꽃을 피우지 못했다. 아무리 애를 써봤지만 소용없었다. 그녀는 두 눈을 질끈 감고 입술을 깨물었다. 그녀의 구겨진 눈가로 눈물이 번져 흘렀다. 나는 결국 그녀에게서 몸을 떼어내고 말았다. 온몸이 경직된 채 한참을 부르르 떨어대던 그녀는 몸을 추스르고 화장실로 들어갔다. 샤워기에서 떨어지는 물소리가 요란한 가운데, 벌어진 문틈 사이로 드러난 그녀의 어깨가 심하게 출렁거리고 있었다.

　나는 집에 돌아와 방문을 잠근다. 커튼을 치고 어둠 속에 몸을 감추려는 듯 구석진 곳을 찾아 숨는다. 눈을 감고 몸을 옹크린다. 떠오르는 잡념을 떨쳐내기 위해 이리저리 뒤척여보지만 소용없다. 다시 눈을 뜨고 창가 쪽을 바라본다. 창틀에 못을 박아 매달아놓은 나무판자 위에 물이 담긴 유리컵과 해바라기 화분이 하나 놓여 있다. 그것은 도진에게서 받은 선물이다. 그는 내게 시들지 않는 꽃을 주며 무척이나 좋아했다. 나는 몸을 일으켜 창가로 간다. 컵에 남은 물을 조화에 쏟아 붓고 나서 휴대폰을 집어 든다. 그리고는 잠깐 망설이다 아미에게 전화를 건다.

　"여보세요."

　그녀의 낮은 목소리가 들린다. 나는 숨을 죽인다.

　"여보세요. 누구세요?"

　그녀는 계속해서 되묻는다. 나는 대답 없이 가만히 귀를 기울인다. 그녀도 더 이상 말이 없다. 한동안 침묵이 흐른다. 이상한 점은 그녀가 전화를 끊지 않고 있다는 것이다.

　"나야."

　나는 어렵게 입을 뗀다.

　"아미야. 우린 어떤 사이지?"

　그녀는 아무 말이 없다.

"우릴 연인이라고 부를 수 있을까?"

그녀는 여전히 대꾸하지 않는다.

"사실은 너한테 말하지 않은 게 있어."

나는 그동안 숨겨왔던 도진과의 관계를 말하려하지만 선뜻 입이 떼어지지 않는다.

"아미야. 먼저 한 가지만 물어볼게. 아니다. 아니야."

나는 도진의 죽음을 떠올리며 아미에게 정말 그의 아이를 임신했었는지, 어떻게 그런 일을 저지른 건지 묻고 싶지만 그럴 용기가 나지 않는다. 나 역시 도진과 어떻게 그런 일을 저지른 건지 알 수 없었기 때문이다. 나는 대신 성희와의 일에 대해 용서를 바랄 뿐이다. 가능하다면 아무 일도 없던 것처럼 되돌리고 싶다.

"그 일은 내 실수였어. 정말 미안해. 너한테 변명하고 싶지 않아. 하지만 한번만 내게 다시 기회를 줄 수 없겠니?"

수화기 저편에서 그녀의 울음 참는 소리가 고막을 타고 울린다.

"오빠가 피아노를 치던 모습이 아직도 생생해. 기억하지?"

그녀는 흐느끼듯 되묻는다. 나는 피아노 앞에 앉아 가늘고 긴 손가락을 쫙 펴고 라흐마니노프의 피아노 협주곡 3번 중 1악장을 연주하던 도진의 모습을 떠올린다.

"피아노를 치고 있으면 오빠 생각이 머릿속을 떠나질 않아, 미칠 거 같아."

아미는 도진의 피아노 얘기만 중얼거린다. 나는 차라리 나를 원망하고 욕하라고 몇 번이나 소리쳐 보지만 소용없다. 그녀의 일방적인 지껄임은 멈추지 않는다. 나는 가만히 휴대폰을 책상 위에 내려놓는다. 그리고는 의자를 꺼내 앉고 책꽂이를 바라본다. 여러 종류의 책들이 한눈에 들어온다. 무작정 손이 닿는 대로 책을 뽑아들고 읽어 내려간다. 그러나 이상하게도 글 읽기는 도돌이를 한다. 읽고 또 읽어 보지만 첫 장을 넘기기가 어렵다. 나는 그만 책을 덮어 버린다. 휴대폰에선 더 이상 아무 소리도 들리지 않는다. 고개를 돌려 주위를 둘러보다 문득 손톱손질용 가재도구를 발견한다. 두 손바닥을 쫙 폈다가 손가락을 오므려 손톱을 들여다본다. 그리고 생각한다. 글을 쓰기 위해 펜을 잡는 손가락은 어느 것일까. 나는 망설임 없이 뚜껑을 열고 줄칼을 꺼낸다. 끝이 뾰족한 칼날의 양쪽 표면에 여러 개의 빗금이 파여 있다. 잠시 줄칼을 들여다보다 이내 열심히 손톱을 소제한다. 손톱 밑에 때 낀 구석까지 깊이깊이 청소한다. 쑤셔 넣는다. 아픔을 참으며 떨어지는 핏방울을 바라본다. 붉은 핏물이 손목을 타고 흘러내린다. 나는 그 광경을 바라보다 그만 현기를 일으킨다.

나는 알 수가 없다. 무덤만 있는 이곳에 멈춰 있는 이유를. 내가 어떻게 해서 여기까지 다시 오게 되었는지 언제부터 머물러 있었는지 도무지 기억나지 않는다. 단지 한 손에 붕대를 감고 무덤 곁에 누워 있다. 내가 무엇 때문에 이곳에 멈춰 있는 걸까. 도대체 나는 왜 무덤처럼 살고 있는 걸까. 사람이 죽으면 뭐가 되는지 알아? 도진은 햇살이 쏟아지는 창가에 서서 아직 익지 않은 양귀비 열매를 어루만지며 내게 물었다. 새가 된대. 그런 말 들어본 적 있어? 그는 카터 날로 항아리 같이 생긴 열매의 끝부분을 도려냈다. 여자든 남자든 사람이 죽으면 모두 똑같이 새가 된다고 그는 흘러내리는 유즙을 접시에 받아 책상 위에 내려놓았다. 그리고는 서랍에서 하얀 가루가 담긴 샬레를 꺼내와 내게 담배와 함께 건넸다. 먹어. 기분이 한결 좋아질 거야. 그는 엷은 미소를 띠며 나를 바라봤다. 나는 조심스레 샬레의 뚜껑을 비틀었다. 하얀 가루를 집어 조금씩 입안에 털어 넣으며 담배를 피우는 동안 그는 눈부신 햇살을 등에 지고 서서 자신이 새로 지은 시를 읊조렸다.

도진은 벌써 세 번째 시집을 엮은 인정받는 시인이었다. 그에 비하면 나는 그와 같은 해, 같은 곳으로 등단했다는 데 스스로 위안을 삼아야 했다. 그는 모든 방면에서 나와는 비교할 수 없을 정도로 재주가 뛰어났다. 파란색 볼펜으로 스케치 한 크로키는 당장 갤러리에 걸려도 손색이 없을 정도였고, 피아노 앞에 앉아 수준급의 연주를 들려줄 때면 언제나 곁에 있는 나를 공허하게 만들었다. 그는 항상 나를 보며 시상을 떠올린다고 말했지만 나는 펜조차 잡을 자신이 없었다. 시를 쓰기 위해 그와 함께 한 나날은 나를 점점 비워내는 시간이었다. 그를 알면 알수록 나는 다른 사람을 만나는 일이 두려웠다. 어떤 식으로든 내 존재는 그의 그림자가 되어 갔다. 심지어 그가 죽어 사라진 이 현실에서도 스스로 만든 소외 속에 빠져 자폐적 소용돌이를 일으키고 있는 것이었다.

삐삐거리는 휴대폰 소리에 의식을 가다듬는다. 아미가 문자메시지를 보내왔다. '중고가게에 며칠 전 내가 판 피아노가 놓여 있어. 가슴이 아파.' 아미는 도진의 피아노를 정리한 모양이다. 나는 그것을 확인하고는 곧장 그녀에게 전화를 건다. 신호음이 울리지만 그녀는 받지 않는다. 나는 그녀가 받을 때까지 걸기로 작정한다. 왼손 엄지손가락으로 통화 버튼을 몇 번이나 꾹꾹 눌러댄다. 또르르, 또르르…… 그러나 잠시 뒤 툭 하는 소리와 함께 신호음이 끊긴다. 그녀는 배터리를 빼버린 모양이다. 나는 다시 전화를 걸어 보지만 소용없다. 그녀는 정말 나를 떠나려고 작정한 걸까.

나는 햇빛이 들어 무덤 뒤쪽으로 몸을 숨긴다. 그곳은 둔덕이 높아 어느 정도 그늘이 진다. 눈을 감고 반듯이 눕는다. 오른쪽 손가락이 심하게 쑤시지만 고통을 참는다. 오히려 아픔을 느낄 수 있다는 게 유일한 위안거리다. 나는 마치 경건한 죽음을 맞이하는 사람처럼 엄숙해진다. 내 몸은 흙처럼 축축해지고 힘이 없어진다. 완전히 무덤 속으로 흡수되는 것 같다. 그러나 무덤 속에 몸을 숨긴다고해서 진정 죽었다고 할 수 있을까. 어둠 속에서 육체는 굳어가고 의식은 정지한 듯 아무 것도 느낄 수 없다. 시간이 얼마나 흘렀는지 알 수가 없다. 어느새 그늘은 사라지고 무덤 뒤쪽까지 빛이 든다.

나는 눈을 감은 채 햇살을 맞는다. 한동안 그렇게 누워 있는데 어느 순간 의식이 돌아오면서 온몸에 생기가 돌기 시작한다. 내 몸은 살아서 강한 성욕을 부르고 의식은 쏟아지는 햇살 때문에 곤혹스럽다. 언젠가 지하철역 안에서 계단을 오르며 내다본 출구의 바깥 광경이 불현듯 떠오른다. 그때 쏟아져 내리는 빛은 내 시야를 온통 하얗게 가로막은 적이 있었다. 그 빛의 장막 속에서 사람들은 얼굴을 잃고 내려오고 있었다. 나는 정신이 아찔했다. 그것은 마치 밝은 형광 빛 속에서 성희와 섹스를 나누던 느낌과 같은 것이었다. 이상한 일이다. 나는 쏟아지는 빛 속에서 그때의 일을 생각하며 성희의 알몸을 기억해내려고 애쓰지만 떠오르지 않는다. 대신 일을 마치고 난 뒤 그녀가 내 몸을 어루만지며 하던 말이 뇌리 속을 스치고 지나간다.

"난 누구도 사랑하지 않아요 그저 나 아닌 다른 사람의 몸이 알고 싶을 뿐이지."

여자는 내 가슴을 쓸어내리며 말했다.

"하지만 모르겠어요 이렇게 벗은 몸을 만질 땐 분명히 알 거 같은데, 돌아서고 나면 아무 것도 기억나질 않아. 우습죠? 남자의 몸은 더 이상 내게 미지의 세계가 아닌데도 이렇게 모른다고밖에 할 수 없으니. 그래서 자꾸 찾게 되는 걸까요? 지금은 이렇게 또렷이 알 거 같은데……."

여자는 내 가슴에 얼굴을 묻고 침묵하다 얼마 뒤 고개를 들고 정색한 표정으로 고백하듯 말을 이었다.

"늦은 새벽이었어요. 그러니까 그 사람이 죽었다고 한 날로부터 열흘 전이었을까. 거의 1년 만에 날 찾아왔어요. 만취한 상태로 들어와서 자기는 큰 죄를 저질렀다며 알아들을 수 없는 말을 중얼대다 침대에 쓰러졌죠. 잠든 줄만 알았는데 갑자기 일어나더니 내 옷을 마구 벗겨냈어요. 그러더니 파우더를 가져와 내 그곳에 화장을 하더군요. 하지만 섹스를 하진 않았어요. 왠지 알아요?"

여자는 내 몸 위로 올라와 마지막으로 나를 훑어보며 말했다.

"그 사람, 그게 없었거든요."

여자의 목소리가 귓가를 생생하게 맴돈다. 내가 술에 취해 여자의 집을 찾아갔던 날, 무슨 일이 있었는지 흐릿했던 기억들이 파노라마처럼 선명하게 눈앞에 쫙 펼쳐진다. 그 사람, 그게 없었거든요. 내가 도진과 사랑하는 사이라고 실토하게 만들었던 여자의 마지막 말이 머릿속을 강하게 뒤흔든다. 그때 여자는 내가 뱉은 말을 어떻게 받아들였을까. 여자는 대체 내게서 무얼 원했던 걸까. 무엇 때문에 내 몸을 그렇게도 꼼꼼히 살폈던 걸까.

나는 무덤의 음지에서 일어나 빛 가운데로 걸어 나온다. 눈이 부시다. 내 발에 밟히는 녹색의 풀들이 태양을 향해 치솟아 오른다. 나는 그 풀들을 조심스럽게 밟으며 몇 발짝 걸음을 뗀다. 주위를 둘러본다. 무덤가엔 여전히 사람들의 발길이 끊이지 않는다. 그들은 그곳에서 절을 하기도 하고 선 채로 기도를 하기도 한다. 나는 그

익숙한 광경을 바라보다 한 곳에 시선을 멈춘다. 저 아래 무덤 옆에 부러진 소나무가 보인다. 뭉툭하게 잘린 가지들이 여기저기 흩어져 있다. 부부로 보이는 젊은 남자와 여자가 그것들을 걷어내며 아이들에게 말한다.

"이리와. 풀 뽑자."

아이들은 아랑곳없이 부러진 나뭇가지를 치켜들고 칼싸움을 한다.

"장난 그만하고 이리 오라니까."

여자가 소리친다. 그제야 아이들은 나뭇가지를 팽개치고 여자에게 달려간다. 남자는 한 손에 움켜쥔 잡풀을 내보이며 아이들에게 말한다.

"이런 것들만 뽑아야 된다."

아이들은 무엇이 신나는지 봉분을 기어오르며 풀을 뽑는다. 여자는 그런 아이들에게 뭐라고 소리친다. 잔디를 고르고 있는 남자는 그 모습을 보며 즐겁게 웃는다. 그들은 죽은 자의 무덤을 마치 살아 있는 사람 대하듯 정성스럽게 가꾼다. 죽음만이 존재하는 무덤가에서 그들은 생기가 넘쳐 보인다. 나는 즐겁게 풀을 뜯어내고 있는 가족을 바라보다 문득 고개를 돌려 내 앞의 작은 묘비를 쳐다본다.

'떠나간 자, 죄인 곽도진.'

나는 도진이 남긴 유서를 서체 그대로 옮겨놓은 비문을 낯설게 바라보다 묘지를 내려온다. 정류장에 도착하는 동안 줄곧 알 수 없

225

는 긴장과 흥분에 숨이 가쁘다. 이상하게도 지금까지 의식할 수 없었던 주변의 환경들이 묘지를 빠져 나온 뒤 한눈에 들어오기 시작한다. 복잡한 거리 속에 세워진 회색빛 건물, 아스팔트 위를 질주하는 자동차, 신호기에 따라 횡단보도를 걸어가는 많은 사람들. 이 모든 것이 기이할 정도로 생생하게 느껴진다. 마치 낯선 곳을 구경하는 사람처럼 신기해하며 길을 걷다 약국을 발견한다. 나는 붕대를 한 오른손을 가만히 만져본다. 주저 없이 들어가 약을 산다. 다시 거리로 나온다. 이번에는 무엇이 필요한지 곰곰이 생각해 본다. 주위를 둘러본다. 길 건너편에 있는 반투명한 유리문의 꽃가게가 보인다. 꽃을 사기 위해 횡단보도를 건넌다.

"꽃 좀 주세요. 생화로요."

내가 꽃을 사고 나오자 저만치 버스가 선다. 급하게 뛰어 간신히 차에 오른다. 버스가 출발한다. 육교를 떠나 점점 묘지에서 멀어진다. 차창을 통해 멀어지는 육교를 바라본다. 새들은 높은 하늘을 향해 날개를 펄럭이며 숲 위를 날아오른다.

집에 돌아온 나는 커튼을 걷어 젖히고 모든 창문을 열어 놓는다. 그리고 내 방에 놓여있는 해바라기를 바라보다 이내 그것을 쓰레기통에 던져버린다. 대신 새로 사온 장미를 물병에 담아 올려놓는다. 물을 준다. 꽃잎을 만지는데 자꾸만 붕대를 감은 오른손이 눈에 걸린다. 붕대를 풀고 피딱지가 앉은 손가락을 가만히 바라본다. 엄지와 검지를 움직여 펜을 잡는 시늉을 해보지만 어색하기만 하다. 나는 약을 바르기 위해 뚜껑을 열고 튜브를 짜기 시작한다. 다친 손가락에 정성스럽게 약을 바른다. 그리고 눈부신 햇살이 들어오는 창가에 누워 잠을 청한다. 모처럼 아주 깊은 잠에 빠져든다. 저 안개 좀 봐. 아미와 나는 정읍을 빠져나오는 고속도로 위를 시속 130km로 질주하고 있다. 넓은 들판을 태워 자욱이 일어난 연기들이 짙은 안개를 방불케 한다. 나는 잠시 백미러를 통해 멀어지는 도진의 고향을 바라본다. 그런데 안개 속에서 누군가 벗은 몸으로 손을 흔들고 있다. 남자인지 여자인지 구분하기 힘든 육체의 검은 실루엣이 떠나가는 우리를 향해 손짓하고 있다. 나는 누구인지 확인하기 위해 브레이크를 콱 밟는다. 그러나 계속해서 달려 나가는 자동차. 악착같이 백미러를 닦아내다 다급한 마음에 몸을 돌려 쳐다보지만 어느새 모습은 희미한 안개 속으로 사라지고 없다.

나는 알 수가 없다. 내가 어떻게 해서 눈부신 햇살 대신 형광 빛이 쏟아지는 이곳에 오게 되었는지 알 수가 없다. 주위를 둘러본다. 현관을 들어서자마자 복도와 함께 정면엔 커다란 여닫이 창문이 있고 왼편엔 고급스러워 보이는 화장대가 놓여 있다. 화장대의 의자 위엔 두 개의 하얀 가운이 겹쳐진 채 너부러져 있다. 짧은 복도를 거쳐 오른편으로 돌아서면 구름 문양이 조각된 반투명한 유리문이 달린 샤워실이 있다. 그 앞 한쪽 벽면엔 거울이 붙은 세면대가 달려 있고 선반 위엔 잘 개인 새것 같은 수건들이 가지런히 놓여 있다.

후드득. 후드득. 유리창에 듣는 빗방울 소리가 방 안 한복판에 놓인 침대 위까지 선명하게 들려온다. 나는 빗소리를 들으며 곁에 누워 있는 소녀를 바라본다. 이 소녀는 도진과 어떤 관계일까. 알몸의 소녀는 반쯤 감긴 눈으로 나를 지그시 올려다본다.

"섹스기억상실증에 대해 들어본 적 있어?"

나는 낮은 목소리로 묻는다. 소녀는 살며시 고개를 흔든다.

"섹스를 하고 나면 상대를 기억하지 못하는 병이지. 상대가 누구인진 알지만 여잔지 남잔지는 알 수 없는 거야."

"그런 게 어디 있어요?"

소녀는 장난스런 웃음을 흘린다.

"그러니까 정확히 말하자면 상대의 몸을 기억하지 못하는 거지. 자신에게 문제가 있을 수도 있고 아니면 상대에게 문제가 있을 수도 있어. 물론 그냥 사랑할 수도 있겠지만…… 아무튼 상대에 대해 모든 걸 까맣게 잊어버리는 거야."

"정말요? 그럼, 아저씨도 그래요?"

소녀는 못 믿겠다는 표정으로 내게 묻는다. 나는 고개를 끄덕인다.

"흥."

소녀는 코웃음을 치고는 머리맡에 놓인 담배를 집어 든다. 소녀의 모습에서 검푸른 머릿결에 새카만 눈을 가진 도진이 엿보인다. 마지막으로 나를 찾아온 날, 그는 창가에 앉아 빗소리를 들으며 담배 한 개비를 꺼내 물었다. 불을 댕겨 한껏 빨아들인 뒤 고개를 돌려 한숨을 내쉬듯 연기를 내뱉었다. 그리고는 한 모금밖에 피우지 않은 담배를 하얀 가루가 담긴 샬레와 함께 내게 건넸다. 나는 가루를 입안에 조금씩 털어 넣으며 담배를 피웠다. 오늘로서 모든 게 끝이야. 잘 기억해 둬. 이게 바로 나야. 몹시 어둡고 창백한 얼굴의 그는 창가에 서서 옷을 벗기 시작했다. 나는 가쁜 숨을 몰아쉬며 깨질 듯한 머리를 부여잡고 그를 바라봤다. 희미한 시선 속에 드러난 그의 알몸은 도무지 기억할 수 없었다.

"이렇게 만질 땐 분명히 알겠는데, 돌아서고 나면 전혀 기억할 수 없는 거지."

나는 소녀의 탐스러운 가슴을 어루만지며 온몸을 샅샅이 살핀다. 소녀는 몇 모금 빤 담배를 재떨이에 눌러 끄고는 반듯이 누워 천장을 바라본다. 나는 다친 손가락으로 소녀의 아랫배를 쓰다듬는다. 소녀는 눈을 감고 두 무릎을 세워 V자로 가랑이를 벌린다. 사진을 찍어둬야겠어. 소녀의 귀에 대고 나지막이 속삭인다. 그러나 무엇엔가 몰입된 표정의 소녀는 내 말이 들리지 않는 모양이다. 유리창을 후리는 빗방울소리가 점점 거세진다. 나는 차차 도진에 대해 묻기로 하고 소녀의 가랑이 사이로 스멀스멀 기어간다. 쏟아지는 눈부신 형광 빛 아래서 소녀의 다리 사이에 난 둔덕을 물끄러미 쳐다본다. 숱 많은 검은 체모 사이로 드러난 성기가 마치 무덤 같다는 생각이 든다. 내가 지금 이 음습한 무덤 속으로 들어가려 하고 있는

가. 모르겠어요 이렇게 벗은 몸을 만질 땐 분명히 알 거 같은데, 돌아서고 나면 아무 것도 기억나질 않아요. 나는 소녀의 검붉은 둔덕을 바라보며, 내 몸을 샅샅이 훑어 내렸던 성희를 떠올린다. 피아노를 치면 오빠 생각이 머릿속을 떠나질 않아, 미칠 거 같아. 동시에 메마르고 건조한 얼굴에 소금기 진한 눈물이 번져 흐르던 아미를 떠올린다. 그리고 마지막으로 빗물에 씻긴 풀들의 진한 향기가 흙냄새와 뒤섞여 내 코를 찌르던 무덤을 떠올린다.

추적추적 내리는 비를 온몸에 맞으며 주위를 맴돌던, 먼 시야로 빗물에 흔들리는 나뭇가지들이 희미하게 보이고 그 아래 짙은 녹색의 풀들로 뒤덮인, 층층이 계단을 이루어 올라오던 그 무수히 많은 무덤들 중에 바로 내 곁에서 나를 악착같이 붙잡아두던 무덤 하나를……

작가의 말

가끔은 세상이 어떻게 생겨먹었는지 알고 싶은데, 알 길을 잘 모르겠습니다. 가끔은 제가 누군지 잘 알고 싶은데, 알 것 같다가도 모르겠습니다. 그래서일까요? 저는 이렇게 쓸 데 없을지도 모를 이야기 만들기에 많은 시간을 허비하고 있습니다. 제 속으로는 시간 낭비가 아니길 간절히 바라면서, 이렇게 또 하나의 이야기를 세상에 내어놓게 되었습니다. 아마도 수다스럽고 호기심 많은 제 성격 탓일지도 모르겠습니다.

이번 소설집 『빨간 인간』은 그동안 문예지에 발표하거나 혹은 틈틈이 써두었던 소설들을 모아 오랜 시간 묵히며 다듬은 것입니다. 이 작품집에는 총 7편의 단편소설들이 수록되어 있습니다. 이것들을 간략히 말씀드리자면 다음과 같습니다.

첫 번째, 「하얀 마스크」입니다. 이 소설은 직업이 방송국 구성작가인 주인공이 실종된 박 피디가 남긴 자연과학 다큐멘터리를 통해 상처받은 인간들이 새롭게 인간관계를 맺게 되는 방식에 대해 알아가게 되는 과정을 그리고 있습니다. 이 이야기는 유전적으로 완전한 인간을 꿈꾸는 우리의 과학적 현실 문명 속에서 장애인들이 어떤 삶을 살아가게 될 것인지에 대한 의문에서 출발하였습니다.

두 번째, 「레몬편지」입니다. 이 소설은 공익근무요원이 죽은 여자의 시체를 매일 닦아주는 이야기입니다. 주인공이 말할 수 없는 상처의 비밀을 간직한 채 한 여자의 자살을 돕게 된다는 줄거리입니다. 이 이야기는 현대사회의 인간관계의 병적 측면을 보여주기 위한 의도로 창작되었습니다.

세 번째, 「사령(死靈)」입니다. 이 소설은 죽은 아내를 잊기 위한 사내와 죽은 남편을 만나고자 하는 여자와의 만남을 그리고 있습니다. 이 이야기는 인간의 인지, 지각능력의 현실성과 환상성, 삶과 죽음, 강박과 망각의 경계에 대한 탐색을 도모하고자 창작되었습니다.

네 번째, 「환상살인」입니다. 이 소설은 비행소녀인 여동생을 식물인간으로 만든 한 사내가 어느 날 자신의 분신을 만나게 되어 겪게 되는 하루 동안의 이야기입니다. 인간의 은폐된 자기모순에 대한 비밀과 그것의 공개에 대한 두려움이 자기와의 소통을 불가능하게 함으로써 발생하는 자기 분열적 모습을 그려보았습니다.

다섯 번째, 「천국의 낙타」입니다. 이 소설은 우체국 과장으로 근무하는 무미건조한 주인공이 볼품없게 생긴 동성애자 소년 채동욱을 만난 뒤로 인간 그 자체의 사랑이 무엇인지 희미하게나마 깨닫게 되는 과정을 그리고 있습니다. 이 이야기는 인간과 인간의 관계 속에서 일어나는 연민의 사랑이 무엇인지에 대해 생각해보는 과정에서 창작되었습니다.

여섯 번째, 「빨간 인간」입니다. 이 소설은 의사이자 소설가인 주인공이 아담이라고 주장하는 이상한 사내를 만나게 되어, 그가 남긴 원고를 통해 자신의 소설을 완성한다는 이야기입니다. 화자가 완성하고자 하는 소설은 인간의 원죄가 자발적이었다는 내용의 에덴동산 신화입니다. 이 이야기는 인간의 원시적 모습을 통해 인간이라는 존재와 언어의 관계가 세계의 모습을 어떻게 형상화할 수 있는가 하는 의문에서 창작되었습니다.

일곱 번째, 「무덤을 맴도는 이유」입니다. 이 소설은 주인공 화자가 도진이라는 자살한 인물의 행적을 쫓는 과정을 그리고 있습니다. 이는 언어예술과 인간의 은밀한 삶에 대한 관계를 탐색하고자 하는 관념소설이라 할 수 있습니다. 이 이야기는 에로티시즘과 언어예술의 관계에 대한 탐색을 도모하고자 창작되었습니다.

이번 소설집 『빨간 인간』은 인간의 망각과 강박이 불러오는 지각의 세계가 현실세계 속에서 어떻게 중첩되고 변주되어 다시 인간의 삶에 영향을 미치는가에 대한 고민을 주로 다루고 있습니다. 저는 이러한 주제를 허구 세계로 재현하기 위해 오랜 시간 동안 깊이 생각하고 글을 다듬으며 나름의 공을 들였습니다. 그러나 여전히 세상에 내어놓게 될 때 불가피하게 갖게 되는 부끄러움과 아쉬움은 늘 마음 한구석에 자리하여 쉽게 떨쳐내기 어려운 게 사실입니다.

그럼에도 이렇게 단편소설들을 모아 발표하는 것은 우리 문학의 장(場)에서도 개인의 은밀한 자기모순의 비밀에서 비롯된 강박과 망각이 현실세계를 어떤 방식으로 뒤틀어놓게 되는지 심도 있게 다루어질 필요가 있다는 생각에서입니다. 아무쪼록 독자 여러분들이 이 책을 읽는 동안 우리 세계의 양면성과 사색의 즐거움을 함께 느낄 수 있다면, 그것으로 저의 글쓰기 목적은 달성된 것이라고 자족하고 싶습니다. 귀한 시간을 내어 이 책을 펼쳐들 독자들에게 마음 깊이 감사드립니다.

2015년 4월에
전한성

전한성

현재 한세대학교 교양학부 초빙교수로 재직 중이며, 글쓰기 관련 과목을 강의하고 있다.
2010년 『21세기문학』단편소설 부문 '소설 신인상'을 수상하며 등단하였다.
장편소설 『화지아, 짜이 날』을 출간하였으며, 라페스타 광장과 한국문화의집 코우스에서 공연된
무용극 〈원효〉, 〈제망매가〉 등의 대본을 집필하였다.

빨간 인간

초판 1쇄 발행 2015년 4월 24일
초판 2쇄 발행 2015년 12월 7일

지 은 이 전한성
펴 낸 이 최종숙
펴 낸 곳 글누림출판사

책임편집 이태곤
편   집 문선희 권분옥 이소희 오정대 박지인
디 자 인 안혜진 이홍주
마 케 팅 박태훈 안현진

주   소 서울시 서초구 동광로46길 6-6반포4동 577-25 문창빌딩 2층(137-807)
전   화 02-3409-2055(대표), 2058(영업), 2060(편집)
팩   스 02-3409-2059
전자메일 nurim3888@hanmail.net
홈페이지 www.geulnurim.co.kr
등록번호 제303-2005-000038호(2005.10.5)

정   가 12,000원
ISBN 978-89-6327-288-7 03810

출력/인쇄·성환C&P **제책**·동신제책사 **용지**·에스에이치페이퍼

* 이 도서의 국립중앙도서관 출판예정도서목록(CIP)은 서지정보유통지원시스템 홈페이지(http://seoji.nl.go.kr)와
  국가자료공동목록시스템(http://www.nl.go.kr/kolisnet)에서 이용하실 수 있습니다.(CIP제어번호: CIP2015010257)